KB114158

백준 新무협 판타지 소설

眞家

진가도

FANTASTIC ORIENTAL HEROES

진가도 2부 2

백준 新무협 판타지 소설

초판 1쇄 찍은 날 § 2015년 11월 13일
초판 1쇄 펴낸 날 § 2015년 11월 20일

지은이 § 백준
펴낸이 § 서경석

편집책임 § 이창진

펴낸곳 § 도서출판 청어람
등록번호 § 제1081-1-89호
등록일자 § 1999. 5. 31
어람번호 § 제2-2610호

주소 § 경기도 부천시 원미구 심곡1동 350-1 남성B/D 3F (우) 14640
전화 § 032-656-4452 팩스 § 032-656-4453
http://www.chungeoram.com
E-mail § eoram99@chollian.net

ⓒ 백준, 2007

ISBN 979-11-04-90514-8 04810
ISBN 979-11-04-90512-4 (세트)

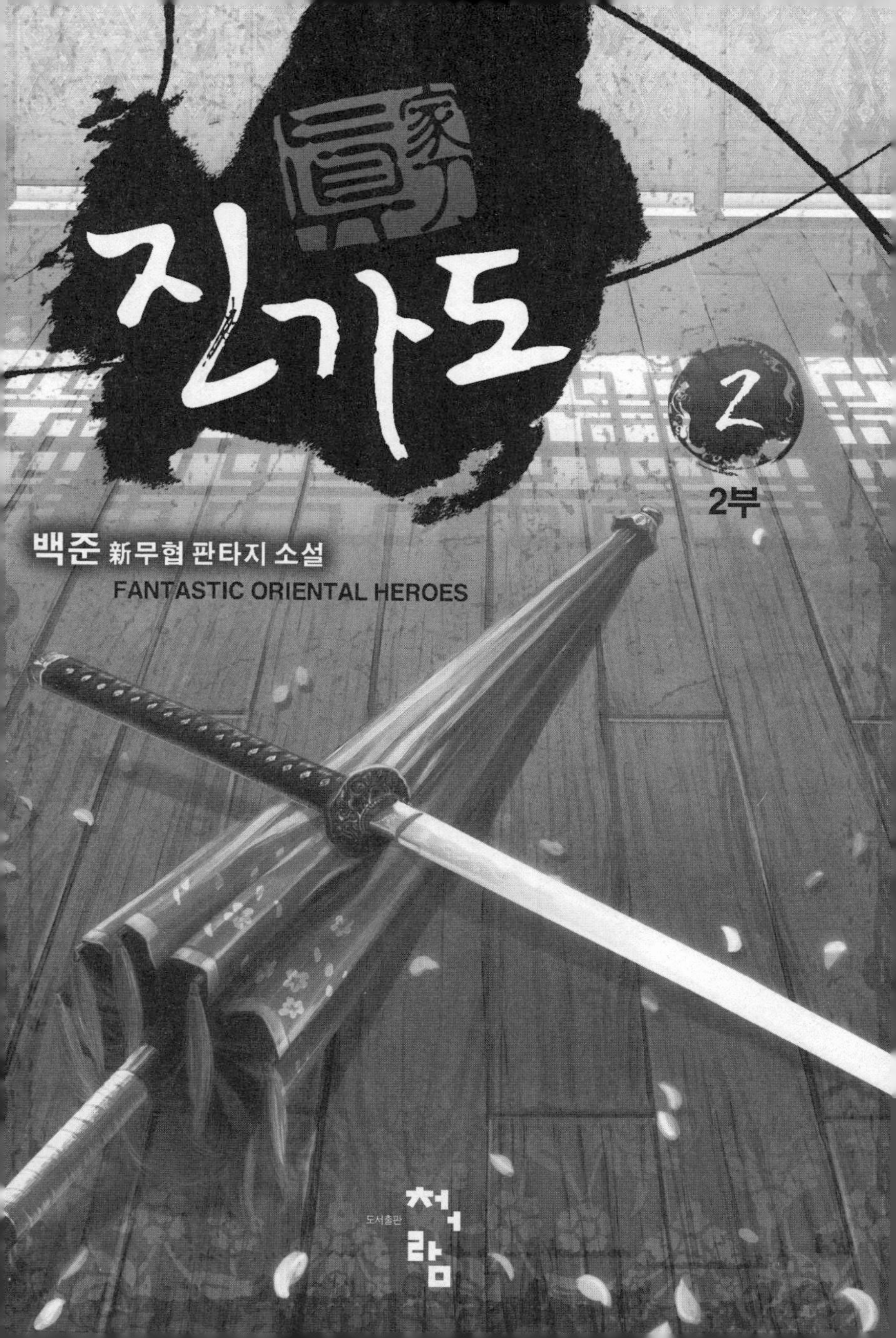
眞家
진가도
2
2부
백준 新무협 판타지 소설
FANTASTIC ORIENTAL HEROES
도서출판 청어람

第一章
천에 가린 얼굴

진가도

"후우……."

지친 표정으로 계단에 앉은 진파랑은 고개를 숙인 채 호흡을 가다듬고 있었다. 그의 어깨 너머로 아지랑이 같은 기운들이 피어나고 있었는데 몸에서 일어나는 열기였다. 깊은 호흡 탓에 그의 상체는 꽤나 크게 요동치듯 커졌다 작아졌다를 반복하고 있었다.

팡! 팡!

귓속으로 옷자락이 끊어지는 강력한 소리가 들려왔다. 그 소리는 장대선과 영기위가 움직이는 소리였고 서로를 향해 살초를 뿌리는 날카로운 타격 소리였다.

고개를 숙이고 있었지만 그의 귀는 주변 소리를 민감하게 듣고 있었다. 장대선은 무겁고 큰 힘을 담아 움직이는 바위 같았고 영기위는 가볍게 나무를 타고 오르는 다람쥐 같았다. 두 사람이 어울리는 소리에서 조금 떨어진 곳에 강십과 그의 수하들이 있었다.

긴장을 늦추지 않은 것은 강십과 그 수하들이 근처에서 살기를 보였기 때문이다. 무엇보다 강십의 살기는 누그러지지 않은 상태였고 그는 기회가 된다면 분명히 공격할 것으로 보였다.

쉬악!

바람 소리와 함께 장대선의 도가 영기위의 머리를 스치듯 지나쳤다. 살짝 고개를 숙인 영기위는 반보 앞으로 나서며 장대선의 도를 든 손의 손목을 주먹으로 쳐 올렸다.

장대선은 손목을 정확하게 쳐 올리는 그의 주먹에 재빨리 팔을 거뒀고 좌장으로 그의 왼 얼굴을 쳐 갔다. '붕!' 하는 강렬한 소리가 소매 속에서 울렸는데 한 대 맞으면 바위라도 부술 것 같은 강한 내력이 담긴 손바닥이었다.

영기위는 주먹을 거두며 오히려 좌장의 중심으로 팔꿈치를 뻗어 때렸다.

팍!

"흠!"

날카로운 소성과 함께 두 사람의 신형이 번개처럼 뒤로 떨어졌고 장대선은 좌수를 흔들며 인상을 찌푸렸다. 영기위도 좌수를 살짝 흔들었다. 팔꿈치에서 느껴지는 충격이 예상보다 강했고 상당했기 때문이다.

영기위는 팔에서 느껴지는 따끔거리는 충격에 굳은 표정을 보였다.

"추면장(追綿掌)?"

"눈썰미가 대단하군."

장대선은 비릿한 조소를 입가에 걸치며 대답했다. 사실 그는 도법보다 장법의 고수였기 때문이다. 그의 추면장은 한번 제대로 맞으면 실명한다고 알려진 위력적인 장법이었고 강한 내가중수법이었다.

"그래서 도법이 조금 어설프고 어색했었던 모양이야?"

영기위는 미소를 보이며 턱을 쓰다듬었다. 그 모습에 장대선은 자신을 놀리는 것 같은 기분 나쁜 얼굴로 살기를 보였다.

"진정 죽고 싶나?"

"죽일 생각 아니었어?"

"벼룩 같은 새끼."

"개미 같은 놈."

장대선의 말에 영기위는 지지 않고 대답했다.

"풋!"

저도 모르게 가까이에 있던 강십이 그 소리에 웃어버렸고 그 소리에 영기위와 장대선의 시선이 강십을 향했다. 강십은 슬쩍 손을 들었다.

"미안, 할 거 마저 하라고."

강십은 유치한 두 사람의 모습에 여전히 웃음을 흘렸다. 긴장했던 공기도 그의 웃음소리에 순식간에 차갑게 식어갔다.

장대선은 먼저 자세를 풀며 살기를 거뒀다. 그가 한쪽에 앉아 있는 진파랑을 쳐다보며 살짝 입맛을 다셨다.

"강 형 때문에 갑자기 기분이 잡쳤군. 오늘이 좋은 기회인 것 같은데 방해꾼도 있고 뜻대로 되는 것이 없어."

장대선은 흥미를 잃었다는 표정으로 영기위를 슬쩍 본 후 다시 말했다.

"오늘은 이만하도록 하지."

"좋을 대로 해."

영기위도 강십의 웃음소리에 순식간에 투기가 사라진 듯 축 처진 어깨로 고개를 끄덕였다. 장대선은 조용히 신형을 돌린 채 걸어 나갔다. 그가 나가는 정문 너머로 몇 명의 사람들이 다시 모습을 보였다.

영기위는 다가오는 사람들이 눈에 익자 살짝 인상을 찌푸렸다. 그들 중 가장 가운데 있는 인물은 자신도 잘 아는 마월설이었다.

마월설을 알아본 강십은 포권하며 물었다.

"이런 곳에 무슨 일로 걸음을 다 하셨소?"

"제 호위가 쓸데없는 일에 끼어들어 목숨을 잃을까 걱정이 되어 왔어요."

마월설의 시선에 영기위는 살짝 미간을 찌푸리며 손을 저었다.

"걱정이 아니라 궁금해서 온 것이겠지요."

"뭐, 그렇다고 해두죠."

마월설은 고개를 끄덕였다. 그녀는 자연스럽게 영기위의 앞에 섰고 강십을 마주 보고 섰다. 그 행동에 강십의 눈에 살짝 이채가 발했다. 지금의 행동은 영기위를 보호하려는 것이 아니라 진파랑을 보호하려는 것으로 보였기 때문이다.

"무슨 뜻이오?"

강십이 그 의중을 묻자 마월설은 손을 저었다.

"좀 전에 말했잖아요. 제 호위가 걱정이 된다고요."

"후후후."

강십의 입에서 차가운 조소가 흘렀고 섬뜩한 살기가 눈가에 어른거렸다. 그 모습에 마월설은 솜털이 곤두서는 소름이 돋는 것 같았다.

'짐승.'

강십의 살기는 본능에 충실한 맹수 같은 느낌을 들게 만들었다.

"그건 마 소저의 걱정일 뿐이고."

팟!

강십의 신형이 마월설을 앞에 두고 커다란 반원을 그리며 낮게 날았다. 그의 움직임은 매우 컸으며 빨랐고 진파랑을 향하고 있었다.

　핑!

　검빛이 반짝였고 강십의 검은 어느새 진파랑의 지척에 가까워졌다.

　"선무보(仙舞步)!"

　마월설은 강십의 움직임에 놀라 외치며 뒤를 따랐다. 그녀는 강십과 반대되는 방향으로 반원을 그리며 영기위의 머리를 넘고 있었다. 같은 보법이었지만 강십의 속도에 비하면 턱없이 부족한 속도였고 그녀의 눈에 금방이라도 강십의 검이 진파랑의 목을 뚫을 것 같았다.

　고개를 숙였던 진파랑은 날카로운 바람 소리에 마치 활시위를 떠난 화살처럼 쏜살같이 앞으로 튀어 나갔다.

　번쩍!

　도광이 번뜩였고 강십의 검광과 겹쳤다.

　따다당!

　금속음과 함께 두 사람의 사이로 검광과 도광이 교차하듯 움직이고 있었다.

　핏!

　검날이 진파랑의 머리카락을 자르고 지나치는 순간 진파랑의 도날이 사악거리며 강십의 가슴 앞을 스쳤다. 불과 이

보 정도의 거리에서 두 사람의 검과 도는 서로의 몸을 베고 찌르기 위해 움직이고 있었다.

피핏!

검날이 좌우로 진파랑의 팔을 잘랐고 진파랑은 그 검을 막으며 강십의 가슴을 찔렀다. 강십은 재빨리 검을 거두며 가슴 앞을 막음과 동시에 검날을 비틀어 진파랑의 목을 찔렀다. 진파랑은 고개를 옆으로 돌리며 도면으로 검을 쳐 냈다.

땅!

금속음과 함께 진파랑의 발이 강십의 가슴을 찼고 강십은 재빨리 뒤로 물러섰다. 그때 마월설이 두 사람의 사이에 모습을 보였고 그녀는 차가운 살기를 보이며 강십에게 말했다.

"그만하세요."

"저자를 감싸는 것이오?"

"그게 어째서요? 문제라도 있나요?"

"후후……."

강십은 스산한 살기를 내보이며 차갑게 속삭이듯 말했다.

"성주님을 믿는 것 같은데… 그게 내게 통할 거라 생각하오?"

마월설은 그의 말에 순간적으로 솜털이 곤두서는 듯했다. 강십은 마월설이 안중에도 없는 듯 보였고 그는 충분히 그렇게 하고도 남을 사람처럼 보였다.

"자! 이제 그만합시다. 강 형도 그만하시게."

순찰당의 당주인 전중원이 다가오며 말하자 강십은 여전히 살기를 보이며 고개를 돌렸다.

"이 좋은 기회를 내가 그냥 보낼 것 같소? 순찰당주는 내가 눈에 안 들어오는 모양이군?"

전중원은 강십의 말에 미소를 보였다.

"본 성에서 강 형을 누가 감히 무시하겠소? 하나… 내가 듣기론 월왕께선 조용히 지켜보라고 하지 않았소? 더 이상 나선다면 강 형도 귀찮지 않겠소?"

월왕을 입에 거론하자 강십은 슬쩍 표정을 바꾸더니 한발 물러나 검을 검집에 넣었다. 그사이 영기위가 빠르게 다가와 진파랑을 부축하려 했다.

"실력이 많이 늘었군."

진파랑은 영기위의 팔에 기대어 말했다. 그 목소리에 강십은 신형을 돌리다 인상을 찌푸렸다.

"죽지 마라."

강십은 짧게 한마디를 남긴 뒤 수하들과 함께 물러섰다. 그가 멀어지자 전중원이 말했다.

"오늘 밤은 여기서 마무리가 된 것 같으니 그만 들어가 쉬게나. 아가씨도 이제 그만 가시지요?"

"그러지요. 하나… 오늘 밤은 이곳에서 보내야 할 것 같군요."

마월설은 미소와 함께 먼저 안채로 향했다. 그녀가 진파랑의 허락도 없이 안으로 향하자 영기위는 할 수 없다는 듯 한숨을 내쉬며 진파랑과 함께 안으로 향했다.

마월설의 호위들도 그 뒤를 따랐다. 전중원은 순찰당의 무사들을 풀어 시신들을 치우기 시작했고 주변에 숨어 있던 몇몇 인영의 인기척도 사라졌다.

어두운 그늘에 숨어 있던 청란은 지금까지 일어난 모든 일들을 눈으로 지켜볼 수가 있었다.

"도대체 일이 어떻게 되어가는 건지 모르겠군."

"어떻게 되긴… 고수들의 무공을 견식했으니 운이 좋은 거라 봐야지."

월성이 옆에서 미소를 보인 채 대답했다. 그녀는 진파랑의 무공이 상상 이상으로 고강하다는 것을 알았는데 어쩌면 자신이 아는 사람들 중에 가장 강한 고수가 아닐까 하는 생각이 들었다. 그만큼 진파랑의 무공은 파격적이었고 강렬했다.

"문주님께서는 저런 놈의 목을 여차하면 잘라 오라 하셨는데 알고 보니 나보고 죽으라는 소리였어."

월성의 말에 청란은 웃긴다는 듯 피식거렸다.

"무식한 놈일 뿐이야."

청란의 말에 월성은 진파랑과 그를 향해 달려들던 천외성의 무사들을 떠올리며 말했다.

"이토록 난리를 쳐 놨으니 살수나 그의 목을 가져가겠다고 덤벼드는 불나방들은 줄어들겠어."

"이런 꼴을 보았으니 자기 분수에 맞게 행동하겠지."

청란도 동조한다는 표정으로 고개를 끄덕이다 다시 말했
다.

"천문성이 앞으로 어떻게 할까?"

"글쎄… 원수가 된 것을 후회할지도 모르지."

"후회를 한다면 상대를 제대로 간파한다는 뜻이겠고 그게
아니라면 큰코다칠지도 몰라."

청란의 말에 월성은 그저 조용히 미소만 보였다. 둘은 곧
소리 없이 수풀 속으로 이동했다.

침상에 누운 진파랑의 옆으로 다가온 정정은 그의 상의를
풀고 왼팔의 상처를 치료하기 시작했다. 금창약을 바르고 내
상약까지 준비해 입에 넣어주자 진파랑의 눈이 그녀를 향했
다.

"다른 사람들은?"

"객실에 머물고 있어요."

"누구지?"

"운지학의 손녀인 마월설이에요. 그녀는 좀 특별한 위치에
있는 여자지요."

"영기위는?"

"함께 있어요."

정정의 대답에 진파랑은 고개를 끄덕였다. 그 모습에 정정은 눈을 흘기며 말했다.

"그 많은 사람들을 상대하고도 이렇게 목숨을 부지한 걸 보면 원주님은 대단한 분이에요."

"그저 살기 위해 몸부림쳤을 뿐이야."

"그렇군요."

정정은 진파랑의 대답을 이해한 듯 조용히 속삭였다. 그녀는 나지막한 목소리로 다시 말했다.

"끝인데도 끝이 아닌 무공은 어떻게 익힌 건가요?"

"운이지. 그저 운이 좋았을 뿐이다."

진파랑은 대답 후 다시 입을 열었다.

"구경은 잘한 모양이군?"

"네."

정정은 진파랑이 그토록 치열하게 싸우는 와중에도 자신의 존재를 알아차렸다는 것에 상당히 놀랐지만 표정의 변화는 없었다.

"내가 죽으면 시신이라도 치울 생각이었나?"

"죽겠구나 했는데 살아 있는 것을 보고 이 사람은 어떤 상황에서도 잘 살겠구나 하고 생각했어요."

"재미있군."

진파랑은 가볍게 미소를 보였고 정정은 곧 진파랑의 왼팔을 붕대로 감싼 뒤 자리에서 일어섰다.

"이대로 푹 쉬고 계시면 탕약을 가져올게요. 그리고 주변에 아가씨의 호위들이 몇 명 있을 거예요. 그들은 원주님을 보호하기 위해 잠시 서 있는 것이니 너무 신경 쓰지 마세요."

"그래."

진파랑의 대답을 들은 정정은 조용히 밖으로 나갔다. 그녀가 나가자 진파랑은 피곤이 몰려왔는지 곧 눈을 감았고 잠이 들었다.

*　　　*　　　*

늦은 밤까지 서재에 앉아 책을 보던 여원하는 강십이 들어오자 책을 덮었다. 강십은 아직 불이 켜져 있는 여원하의 서재를 발견하고 들어왔다.

"갔던 일은 잘 마무리했겠지?"

"진파랑은 무사히 쉬고 있습니다."

"나선 것은 아니고?"

"조금 겁을 줬을 뿐입니다."

강십은 가볍게 미소를 보이며 손을 저었다. 그 말에 여원하는 정색하며 말했다.

"네가 성주님께 한 수 배우더니 간이 좀 커진 모양이구나?"

그녀의 목소리가 조금 날카롭게 변하자 강십은 재빨리 표정을 바꾸며 대답했다.

"죄송합니다."

"눈앞에 있는 적보다 더욱 조심해야 할 적은 바로 자만이다."

"제가 잠시 마음을 추스르지 못한 것 같습니다."

강십의 대답에 여원하는 고개를 저었다.

"그 정도면 되었다. 그것보다 내일 온다더냐?"

그녀의 물음에 강십은 부상당한 진파랑의 모습을 떠올리며 조금 걱정스러운 눈빛을 던졌다.

"부상이 심해 내일 움직이기는 힘들 것 같습니다."

"부상이 심하다?"

"생각지도 못한 천문성의 무사들이 난입하는 바람에 부상을 좀 당했습니다."

여원하는 강십의 말에 눈을 반짝였다. 천문성의 무사들이 천외성에 머무르고 있다는 것에 호기심이 생긴 것이다.

"하긴 그놈들이 가만히 있을 그런 놈들이 아니지."

"그렇습니다. 이 먼 곳까지 사람들을 풀어놓을 줄이야."

"들어가서 쉬어라."

"예."

강십은 여원하의 축객령에 대답 후 일어나 자신의 거처로 이동했다. 여원하는 천문성의 무사들이 이곳에 들어왔다는 것에 내부에 조력자가 있다는 생각이 들었다. 천문성과는 대외적으로 중립적인 관계를 유지하고 있지만 적대하는 문도들도 많았는데 여원하는 개인적으로 적대하는 편이었다.

객당의 주변에는 십여 명의 호위무사들이 강렬한 기도를 내뿜으며 서 있었다. 그 안에는 마월설이 앉아 있었고 뒤에는 한옥산이 서 있었다. 맞은편에 앉은 영기위는 불만스러운 표정으로 차를 시원하게 마셨다.

"왜 온 것이오?"

"왜 허락도 없이 움직이죠? 어디를 갈 때 가더라도 말은 하고 가야지요?"

"오랜만에 친구의 얼굴을 보려고 나온 것뿐이오."

"친구?"

마월설은 그 말에 미소를 보였다.

"수하의 친구라면 내 친구도 되겠군요."

"아니, 그건 또 무슨 소리요?"

"무슨 소리가 아니라 영위사의 친구라니 제 친구도 된다는 소리일 뿐이에요."

"그만! 그만! 알았어. 알았으니까 왜 온 것이오? 설마… 진형을 영입하겠다? 아니면 뭐 호위로 쓰겠다는 생각으로 온 것은 아니겠지요?"

"세를 불릴 필요는 있으니 제 편으로 만들어야지요."

마월설의 본심을 들은 영기위는 어이없다는 듯 그녀를 쳐다봤다.

"결국 진 형을 꼬시겠다는 것이구려?"

"꼬시겠다니요? 그런 저속한 말은 듣고 싶지 않군요. 단지 제 편으로 만들어두면 좋기 때문에 그런 것뿐이에요. 한 사람이라도 강한 고수가 있으면 좋으니까요. 안 되면 이 미모로 유혹하는 것도 있지요."

"허! 허허허허!"

영기위가 어이없다는 듯 크게 웃었다. 그는 다시 한 번 차를 벌컥 마시더니 진지한 표정으로 말했다.

"아가씨가 사실 매력적이고 미인인 것은 사실이나 천하에는 정말 옥같이 곱고 선녀처럼 아름다운 미인들이 존재하고 있소이다. 그런 사람들을 곁에서 봐온 진 형이 아가씨께 눈길이나 돌릴 것 같소이까?"

"뭐? 선녀? 내가 어때서?"

자존심을 자극하는 영기위의 말에 마월설은 사나운 눈빛을 던졌다. 뜨거운 눈길을 던지는 성내의 수많은 남성들을 그녀도 모를 리 없기 때문이다. 그만큼 미모에는 자신이 있는 그녀였기에 영기위의 말에 화가 난 것이다.

"그렇다는 것이니 알아서 해보시오. 나는 이만 자러 가야겠소이다."

"오늘 새벽에 경비를 서세요."

"내가? 신변 보호를 위한 호위로 알고 있소만?"

"서세요."

마월설의 차가운 목소리에 영기위는 할 수 없다는 듯 한숨을 내쉬며 고개를 끄덕였다. 그가 나가자 마월설은 침실로 향했고 한옥산이 곁에 있었다.

"너도 이제 그만 자."

"예."

한옥산은 대답 후 침실의 문을 닫았다.

다음 날 아침 의원이 다녀가고 진파랑은 왼팔에 삼각대를 한 채 의자에 앉았다. 식사는 간단하게 조림과 소채류가 다였지만 진파랑의 입맛에는 나쁘지 않았다. 그의 뒤로 정정을 비롯한 다섯 명의 시비가 서 있었다.

쓸데없이 시비가 많다는 생각도 들었지만 이곳의 주인이다 보니 어쩔 수 없다는 것도 알았다. 모용세가에서 위사로 일하면서 보아온 귀족들의 행동을 자신이 한다는 것에 거리감도 들었다.

"차 드세요."

정정이 차를 따랐고 진파랑은 고개를 끄덕였다.

"마월설이 객실에 있다고?"

"예, 어떻게 할까요?"

"찾아온 객을 그냥 보낼 수는 없지. 거기다 어제 나를 도와준 인물이 아니더냐?"

"네."

정정은 고개를 끄덕인 뒤 시비들에게 시선을 던졌고 두 명이 종종걸음으로 객당을 향해 나갔다.

"아가씨의 호위들은 모두 일류예요. 그중에서도 수신 호위로 있는 한옥산이란 여자는 제 동기로 무공이 뛰어났지요. 암기도 잘 다루고 경신도 빠른 편이에요."

진파랑은 차를 마시다 궁금한 듯 물었다.

"동기라면 어디에서 함께 수련을 한 모양이군?"

"본 성의 비서각이란 곳에서 수련을 쌓았어요. 여자아이들은 모두 그곳에서 성인이 될 때까지 수련해요. 그곳에서 저처럼 시비가 되는 아이들과 호위나 기녀가 되는 아이들을 비롯해 살수와 정보원 등등 여러 군으로 나뉘어 또 다른 길을 가게 되요."

"한옥산이란 아이는 호위 쪽이었나?"

"아니요, 살수 쪽이었어요. 하나 그곳에서도 무공이 너무 탁월해 성주님이 특별히 마월설의 호위로 붙인 거라 들었어요."

"그랬군."

진파랑은 살수였다는 점을 들먹이는 정정의 말에 조심하라는 뜻도 포함되어 있다는 것을 알았다.

식사를 마치고 다과상이 차려지자 얼마 뒤 마월설과 영기위가 들어왔다. 마월설의 뒤로 한옥산이 서 있었는데 전혀 살수처럼 보이지 않았고 무공을 익힌 흔적도 찾아보기 어려웠다. 일반적인 시비로 보였다.

'고수가 많군.'

진파랑은 천외성도 천문성처럼 고수들이 운집(運輯)되어 있다는 것을 알았다.

"앉으시오."

진파랑의 권유에 마월설은 가볍게 고개를 끄덕인 뒤 의자에 앉았다. 그녀의 뒤로 영기위가 서 있었는데 진파랑은 미소를 던지며 그에게도 말했다.

"친구도 앉아."

"그럴까?"

말을 하며 슬쩍 마월설의 눈치를 보던 그였다.

"앉아요."

마월설의 말에 영기위는 좋다는 듯 의자를 당겨 앉았다. 곧 정정이 차를 따라주었고 한옥산의 시선이 정정에게 향했다.

"오랜만이군."

"오랜만이야."

"네가 이곳에 있을 줄은 몰랐어."

"어쩌다 보니 그렇게 되었지."

"지 총관의 총애를 받고 있다 들었는데… 잘도 너를 내주었군? 쓸 만한 정보라도 가져오라고 시켰어? 그게 아니면 목?"

대놓고 말을 하는 한옥산이었지만 정정은 당황하지 않고 진파랑의 뒤로 물러난 후 마월설과 영기위의 시선에 대답했다.

"내가 모시는 분은 진 원주님이셔."

한옥산은 그녀의 대답에 미소를 보였고 눈을 반짝였다.

"둘이 아는 사이야?"

"사이좋은 동기였어요."

한옥산은 짧게 대답했다. 하지만 둘 사이에 어떤 일이 있는 게 분명해 보였다. 마월설은 고개를 끄덕였고 진파랑은 차를 마시며 말했다.

"오랜만이오."

"저를 본 적이 있나요?"

"그렇소."

진파랑의 대답에 마월설은 살짝 아미를 찌푸렸다.

"둘이 알아? 놀라운데?"

영기위는 둘이 만날 일이 있을까란 생각이 들었고 마월설은 진파랑의 얼굴을 떠올리기 위해 노력했다. 어젯밤에는 형클어진 머리와 피에 젖은 몸 때문에 제대로 얼굴을 볼 수가 없었는데 오늘은 깨끗하게 목욕을 하고 깔끔한 갈포를 입고 있는 모습이었다. 머리도 단정히 뒤로 넘겨 묶었고 특출 난 미남은 아니지만 잘생긴 사내란 것은 분명했다.

'이런 남자를 내가 만난 적이 있었다면 분명 기억할 텐

데…….'

마월설은 눈썹을 찌푸리며 차를 마셨다. 그때 여러 명의 발소리와 함께 사람들이 모습을 보였다. 창을 통해 밖을 본 마월설은 순간적으로 마주친 여원하의 얼굴에 긴장한 표정으로 일어섰다. 영기위도 일어섰고 진파랑은 눈을 반짝였다.

여원하와 강십이 십여 명의 호위무사들을 뒤로한 채 안으로 들어왔다. 여원하는 앉아 있는 진파랑을 슬쩍 바라보며 미소를 던졌다.

"오랜만이네. 그때보다 지금이 훨씬 우리 사이가 가까워진 것 같군."

"앉으시오."

여원하는 미소를 보이며 의자에 앉으며 마월설을 향해 시선을 던졌다.

"새끼 여우가 이곳에는 왜 왔을까? 설마 꼬리치려고 온 것은 아니겠지?"

"무… 무슨 그런 말씀을요. 요즘 성에 화제가 되는 인물이라 그냥 궁금해서 왔어요."

"궁금해서 왔다라…? 네가? 일단 앉지. 아니, 그런데 둘은 구면일 텐데?"

의자에 앉으려던 마월설은 여원하의 말에 깜짝 놀란 표정을 보였다. 그 모습에 여원하는 재미있다는 듯 다시 말했다.

"기억이 안 나는 모양이야?"

"네? 네."

여원하의 대답에 마월설은 진파랑에게 시선을 던지며 다시 말했다.

"우리가 처음 만난 날이었지… 그때 당영영인가? 당가의 여식을 잡고 있을 때 당가에서 사람들이 왔는데 그중에 이 녀석도 있었어."

"아……."

마월설은 그때의 기억을 떠올리며 굳은 표정을 보였다. 그날의 일은 그녀에게 있어서 악몽이었고 여원하의 무공에 두려움을 떨어야 했던 날이었다. 그 순간 진파랑의 얼굴이 여원하의 눈을 스쳤다.

"그랬군요… 맞아요, 기억이 나네요. 다른 여자도 한 명 또 있었지요."

마월설은 의자에 앉은 뒤 진파랑의 얼굴을 싸늘한 눈빛으로 쳐다보았다.

"둘은 공존할 수가 없을 텐데? 네가 이곳에 온 계기가 된 사건이고 그 중심에 선 인물이지. 또한 지금의 너를 만든 사람인데 손을 잡고 싶어?"

"진 소협보단 여 원주님이 더 무서워요."

마월설의 대답에 여원하는 미소를 보이며 고개를 끄덕였다.

"많이 컸군. 대답도 하고 말이야."

여원하의 말에 마월설은 굳은 얼굴로 차를 따라 마셨다. 그 모습에 진파랑은 마월설이 여원하를 매우 두려워한다고 여겼다. 그녀에 대한 인상이 강하게 남은 게 분명했고 그 마음속에 여원하라는 존재가 공포로 남은 것으로 보였다.

"두 분은 사이가 좋아 보입니다."

진파랑의 말에 여원하는 고개를 끄덕였고 마월설은 어색하게 눈웃음을 흘렸다.

"노예가 될 년이 하루아침에 성주님의 손녀가 되었으니 친해져야지."

"성주님을 의식하는 모양이에요?"

마월설이 어색한 표정으로 물었고 여원하는 고개를 끄덕이며 마월설에게 시선을 던졌다.

"싸늘한 시신으로 만들려다 살려줬더니 내 앞에서 입을 놀리는구나?"

그녀의 말에 마월설은 인상을 굳혔고 입을 다물었다. 마월설이 조용해지자 여원하는 곧 진파랑을 향해 말했다.

"소식을 들어보니 꽤나 고전한다고 하던데 멀쩡하군."

"그때에 비하면 꽤 긴 시간이 흘렀고 사람은 누구나 발전하게 마련이지요."

"누구나가 아니라 몇 명만이지."

여원하는 진파랑의 말에 고개를 저으며 다시 말했다.

"네가 언젠가는 분명 이곳에 올 것이라고 했던 내 예상은 틀리지 않았어."

"저 역시 제가 이곳에 올 줄은 몰랐습니다."

"와보니 반갑지 않은가?"

"반갑지요."

진파랑은 미소와 함께 대답했다. 여원하는 진파랑의 무공이 오기조원의 경지에 든 것을 파악했다. 그의 눈동자에 반짝이는 무지개가 언뜻 스쳤기 때문이다.

"팔은 한 달 정도면 다 완치될 거고… 내상도 곧 회복하겠지."

여원하는 일반적인 고수들과 또 다른 경지에 든 고수들의 차이를 명백히 알고 있었다. 환골탈태를 한 사람이라면 큰 부상을 입어도 일반인에 비해 열 배 이상은 빠르게 회복한다. 절대고수의 반열에 든 자라면 더욱 빠를 것이다. 그건 육체가 언제나 최상의 상태를 유지하고자 하는 의지가 강하기 때문이다.

"천외성에서 뼈를 묻고 살 생각은 없어?"

"이곳에 말입니까?"

"그래."

여원하의 대답에 진파랑은 고민스러운 표정을 보였다. 여원하가 다시 말했다.

"고수가 지내기에 더없이 좋은 곳이지, 돈과 여자와 명예도 있고 무엇보다 권력도 있어. 너라면 충분히 그 모든 것을 천수까지 누리고 살 수 있는 곳이 되겠지. 여긴 사내들이 좋아하는 곳이야."

강한 자가 법이고 강한 자가 지배하는 아주 단순한 곳이 천외성이었다. 강함을 추구하는 남자들의 피를 뜨겁게 달구기엔 충분한 명분이기도 했다.

"사내라면 좋아할 만하지만 제가 좋아할 곳은 아닙니다."

"놓치기 아깝군."

여원하는 그럴 줄 알았다는 듯 고개를 끄덕였다. 그녀는 아쉬운 눈빛으로 진파랑의 얼굴을 다시 한 번 살폈다.

진파랑은 이곳에 오래 머물 생각이 없었기 때문에 여원하가 원하는 것을 해줄 수가 없었다. 그녀는 함께하길 원했고 같은 하늘을 바라보고자 했다.

"제가 이곳에 남는다면 원하는 것을 얻을 수 있습니까?"

진파랑의 물음에 여원하는 눈을 반짝였고 그가 원하는 것이 무엇인지 궁금했다.

"무엇을 원하는지 몰라도 충분히 얻을 수 있을 것 같구나."

진파랑은 선선히 고개를 끄덕이다 조용히 말했다.

"이곳은 충분히 제게 좋은 곳입니다. 안락한 침상이 있고 이불이 있으며 편안하게 잘 수 있는 집이 될 수도 있는 곳입니다. 하지만 제 도리를 다할 곳은 아닙니다."

"그 도리가 천문성이냐? 천문성과 싸우다 죽겠다는 소리처럼 들리는군."

"인과응보(因果應報)가 아닐까요?"

여원하는 미소를 보였다.

"결국 천문성이 문제로군."

"그렇습니다. 그들과의 은원을 해결해야 제 미래가 있습니다."

여원하는 알겠다는 듯 고개를 끄덕이다 화제를 돌렸다.

"그 아미의 여자는 어떻게 지내나?"

아미의 여자라는 말에 진파랑은 마지령의 얼굴을 떠올렸다. 여원하는 마지령을 떠올리는 그의 눈빛이 부드럽게 변하는 것을 볼 수 있었다.

"아미산에 돌아갔지요."

"후후… 재미있구나."

여원하는 가볍게 웃음을 흘렸다. 헤어졌다는 말처럼 들렸고 다시 만나려 한다는 것도 알았다. 그것은 과거에 청춘을 경험한 그녀의 직감이 그렇게 말하고 있었다. 이런저런 담소들이 오가기 시작했고 한참의 시간 동안 셋은 의자에 앉아 있었다.

밖으로 나온 여원하의 옆으로 마월설이 걸음을 함께하고 있었다. 여원하가 슬쩍 마월설을 보더니 입을 열었다.

"성내에서 힘을 키우고자 한다면 사람을 모으기보다 먼저

네 자신의 실력부터 키워."

"네?"

"네 실력이 별 볼 일 없는데 네 주변에 사람이 모일 것 같으냐? 남자라는 동물이야 네 미모에 홀려 모일 수도 있겠지만 그것은 어디까지나 껍데기일 뿐이다. 그러니 실력을 키워라."

마월설은 그녀의 말에 심장이 조여오는 것을 느꼈다. 쓸데없이 움직이지 말라는 압박과도 같았다.

"명심하겠습니다."

마월설의 대답에 여원하는 다시 말했다.

"운 오라버니가 곁에 있으니 네게는 어쩌면 천재일우의 기회가 될지도 모른다. 그 기회를 왜 이렇게 쓸데없는 곳에서 보내는 건지 모르겠구나? 그분의 무공을 배우거라. 그래서 강해진다면 그때 나서는 것도 늦지 않아."

"제가 할아버님의 무공을 익히면 월왕께서도 긴장하셔야 될 텐데요?"

"내가? 하하하하! 패기 있어 좋구나. 하나… 지금보다는 조금 더 인정을 해주겠지."

여원하의 미소에 마월설은 입술을 깨물었다. 그녀가 인정을 해준다는 말에 자존심이 상했고 무공을 익혀야겠다는 생각이 간절하게 들었다.

"월왕의 말은 틀린 게 없어요. 제 일신의 무공이 낮은데 누가 나를 따르겠어요? 앞으로는 주의하지요."

"똑똑한 것도 좋고 미모도 좋아. 하지만… 만용은 화를 부르지. 적당히 나서거라."

"네."

마월설은 짧게 대답 후 바쁘게 걸어 나갔다.

강십이 여원하의 곁으로 다가와 물었다.

"진 가 놈을 이대로 두실 생각이십니까?"

"그는 떠날 사람이다. 떠날 사람을 곁에 둘 필요가 있겠느냐? 출출하구나, 어서 가자."

"예."

강십은 그녀의 대답에 조금 안심한 듯 대답했다. 진파랑이 이곳에 있으면 왠지 모르게 자신의 입지가 줄어들 것 같다는 생각이 들었기 때문이다.

피곤하게 만드는 사람들이 모두 물러가자 진파랑은 다시 휴식에 들었다. 사실 그는 매우 지쳐 있는 상태였고 내상까지 입은 몸이었기에 며칠간 휴식이 필요했다. 그런 상태에서 손님들이 찾아오는 것은 달가운 일이 아니었다.

"당분간 쉬고 싶으니 누가 찾아와도 그냥 돌려보내 줘. 급한 일이라 생각하면 알려주고."

"그렇게 할게요."

정정의 대답을 들은 진파랑은 침실의 문을 열고 들어가 잠을 청했다.

천외성은 한낮 동안 활발히 움직이는 사람들로 북적였고 밤이 깊어지자 그 많은 사람들이 자취를 감추듯 사라져 버렸다.

외곽의 작은 판잣집에는 남루한 옷차림에 헝클어진 머리카락으로 얼굴을 가린 까무잡잡한 청년이 홀로 담요를 덮고 누워 있었다.

청년은 바람 소리를 들으며 눈을 감다 구석진 곳에 그림자가 아른거리자 팔베개를 하며 눈을 떴다.

"누구냐?"

"저예요."

청년은 목소리만으로 누구인지 파악한 듯 보였다. 여성의 목소리였는데 현재 자신의 수하 중에 여자는 단 두 명뿐이었으며 그중 한 명은 멀리 떠나 있는 상태였다. 그렇다면 남은 것은 단 한 명이었다.

"내일 시비가 되어 그자의 곁으로 들어가요."

"잘 처리된 모양이군?"

"네."

낮은 대답에 청년은 다시 말했다.

"유념해야 할 것은 절대 의심을 사지 말고 충성을 다하라는 점이다."

"네."

짧은 대답 후 다시 목소리가 들렸다.

"언제까지 있어야 하나요?"

"때가 되면 알려줄 터이니 너는 그때까지 그의 곁에 머물면서 신의를 얻거라. 믿음이 크면 클수록 검 끝은 날카로운 법이다."

"알겠어요."

"보고는 어떻게 할까요?"

"한동안 할 필요 없어. 우리 쪽에서 접근할 테니 그때나 보고해. 그전에는 절대 의심 가는 행동이나 생각도 하지 말고 있어."

"예."

대답이 끝난 후 검은 그림자가 조용히 사라지자 청년은 곧 눈을 뜨고 갈라진 벽 틈 사이로 어두운 거리를 쳐다보았다. 사람들의 모습은 없었고 공허한 공기만이 맴도는 것 같았다.

"여기도 떠날 때가 된 건가?"

청년은 조용히 중얼거리다 곧 눈을 감고 잠을 청했다.

다음 날 저녁이 되자 운기를 마친 진파랑을 기다린 듯 정정이 모습을 보였다.

"내실에 새로운 시비가 세 명 왔어요. 만나보실 건가요?"

"시비 세 명?

"네."

진파랑은 갑작스러운 그녀의 말에 슬쩍 눈살을 찌푸렸다. 분명히 새로운 사람은 필요 없다고 말했는데도 사람을 붙인 게 마음에 걸린 것이다.

"누가 보냈지?"

"지 총관이 보냈어요."

"거절할 수는 없겠군."

"지 총관의 성의를 봐서라도 써야지요."

정정의 대답에 진파랑은 고개를 끄덕였다.

"옷 좀 입고 갈 테니 먼저 가 있어."

"네."

정정이 대답 후 밖으로 나가자 진파랑은 갈포를 입으며 지 탁의 얼굴을 떠올렸다. 분명 그는 총관이었고 천외성의 대소 사를 책임지는 인물이었다. 그런 인물이 새로운 시비를 보냈 다는 것은 감시의 목적이 분명했다.

내실로 나오자 세 명의 시비가 보였는데 그중에 한 명이 아 는 얼굴이라는 사실에 진파랑은 눈을 반짝였다.

진파랑이 의자에 앉자 시비들이 인사했다. 셋 다 이십 대 초반으로 보였고 가운데 시비가 키가 조금 큰 편이었다.

"청란이에요."

청란이란 이름에 진파랑은 고개를 끄덕였고 시선을 옆으 로 돌렸다.

"정월이에요. 잘 부탁해요."

"저는 소옥이에요."

정월은 청란과 함께하는 월성이었고 그녀와 함께 진파랑의 시비로 붙은 것이다. 소옥은 가장 나이가 어려 보였고 조금 작은 키에 귀여운 얼굴을 한 소녀였다.

"수고해 줘."

진파랑은 짧게 말한 뒤 다시 안으로 들어갔다. 셋은 진파랑의 모습에 각각 다른 눈빛을 던졌다.

방으로 돌아온 진파랑은 청란의 모습을 떠올리며 자신에게 하오문이 붙었다는 것을 알았다. 무엇보다 청란과의 인연이 질기다는 생각도 들었다.

진파랑의 방 안으로 식사를 가져온 정정은 탁자 위에 음식들을 내려놓고 서 있었다. 진파랑이 의자에 앉자 그녀는 입을 열었다.

"지 총관은 감시로 저를 보냈는데 제 마음이 떠났다는 것을 알고 다른 사람들을 보낸 것 같아요."

"넌 지 총관에게 충성하는 것 아니었나?"

"원주님의 무공을 보았기 때문에 생각을 바꾼 거예요. 원주님은 지 총관의 손에 좌지우지(左之右之)될 인물이 아니에요."

"높게 생각해 주니 고맙군."

진파랑은 미소를 보였다. 이곳에서 누군가에게 충성한다

는 것은 곧 목숨을 걸었다는 뜻도 되었다. 그만큼 필사적이란 말이었다. 지 총관의 그늘에서 그에게 충성해야 했던 그녀가 그 그늘을 벗어난 것이다.

"그녀들을 어떻게 할까요?"

"가까이에 두고 써야지. 이왕 곁에 둘 거라면 가까이에 두는 게 좋아."

진파랑은 미소와 함께 말했고 정정은 알 수 없다는 표정을 보였다.

밤이 깊어질 동안 진파랑은 침실에 앉아 운기조식을 하는 중이었다. 그에게 있어 운기는 매우 중요한 일이었고 부상을 치료하는 가장 빠른 방법이었다.

소주천을 통해 어느 정도 내력을 다스린 진파랑은 눈을 떴다. 그때 그의 눈앞에 검은 그림자가 서 있는 것이 보였다. 청란이었다.

그녀가 앞에 있었지만 진파랑은 크게 놀라지 않았다. 보통의 사람이라면 갑작스럽게 눈앞에 검은 그림자가 보인다면 분명 크게 놀랄 것이다. 하지만 진파랑은 그녀를 본 순간 그녀가 찾아올 거란 예상을 하고 있었기 때문에 대비를 할 수 있었다.

"귀신이라도 본 것처럼 놀랄 거라 생각했는데 담이 커."

"실망인가?"

진파랑의 조용한 물음에 청란은 고개를 저었다. 그녀는 어두운 실내를 훤히 보는 듯 앞에 있는 의자에 앉았다.

"몸은 어때?"

"나쁘지 않아. 며칠 지나면 내상도 완치되겠지."

청란은 고개를 끄덕였다.

"그 팔은?"

"달포는 걸린다고 하니 그쯤 되지 않을까? 그런데 내 부상보다는 내 목에 관심이 더 있는 것 아니었어?"

"처음에는 그랬지만 네 무공 때문에 전략을 바꿨지. 문주님께서 곁에 있으면서 지켜보라고 하네. 나는 시키는 대로 하는 거고."

청란은 미소를 보였다. 진파랑은 하오문주에 대한 궁금증이 들었지만 묻지 않았다. 묻는다고 해서 대답할 그녀도 아니었다.

"하오문에서도 나를 주시한다는 것인가?"

"우리 입장에선 중요한 고객이 될 수도 있으니까 그런 거 아닐까? 아, 그리고 정월이라고 나와 같이 있던 시비."

진파랑은 그녀의 말에 키가 크고 호리호리한 정월을 떠올렸다.

"나와 같이 온 동료니까 알아둬."

그녀의 말에 진파랑은 고개를 끄덕이며 물었다.

"지 총관은 하오문과 매우 밀접한 관계를 유지하는 모양이군?"

"천외성과 우리는 오래전부터 깊은 관계였어."

"그것도 알아두지."

진파랑의 대답에 청란은 미소를 보였다.

"이 시간에 이렇게 나를 찾아온 이유는 인사가 전부인가?"

"오늘은 인사만 하려고 온 게 맞아."

"하오문주가 나에 대해 훤히 알게 되겠군."

진파랑의 말에 청란은 손을 저었다.

"그렇게까지 자세히 보고가 가는 일은 없을 테니 크게 염려치 마. 적당히 알아서 할 테니까."

"그래주면 고맙지."

얼굴도 모르는 누군가가 자신에 대해 알고 있다면 불쾌한 기분이 들 것이다. 그것을 염두에 둔 청란의 대답이었다.

천외성의 외성에 자리한 비무대에는 수많은 사람들로 북적이고 있었다. 진파랑이 부상을 당한 뒤 보름 후의 일이었고 이날은 팔왕 대회가 열리는 날이기도 했다.

수많은 천외성의 무사들과 천하를 떠돌아다니는 낭인무사들까지 모두 천외성으로 몰려들고 있었으며 팔왕 대회의 시작은 천외성의 축제를 의미하기도 했다.

와아아아!

거대한 함성 소리가 창을 통해 들어왔고 의자에 앉아 차를 마시던 진파랑의 귀에도 똑똑히 들렸다.

"팔왕 대회라……."

진파랑은 팔왕 대회에서 올라오는 자들이 곧 팔마의 자리를 차지하려 한다는 것을 알고 있었다. 또한 그들 중 뛰어난 무인들은 팔마의 휘하로 들어가거나 천외성의 무사도 될 수 있었다. 그것은 곧 낭인을 벗어난다는 의미였고 풍족한 삶이 보장된다는 말도 되었다.

"달포 뒤쯤이면 누군가가 원주님께 도전장을 내밀지 몰라요."

빈 찻잔에 차를 따르며 정정이 말했고 진파랑은 슬쩍 미소를 보였다. 자신이 원하는 바였고 자신 역시 반천신마에게 도전하기 위해 이곳에 와 있었기 때문이다.

"역시 이곳은 재미있는 곳이야."

진파랑은 천외성에 대해 한마디 흘리며 다시 차를 마셨다.

第二章
바람이 분다

진가도

팔에 감았던 지지대를 풀자 잠시지만 왼팔의 감각이 마치 떨어져 있는 것 같은 착각이 들었다. 이리저리 왼팔을 움직이던 진파랑은 곧 자리에서 일어섰다.

　정정은 밖으로 나오는 진파랑에게 허리를 숙였고 그녀의 뒤로 십여 명의 시비가 서 있었다.

　"여전히 백여 명 정도 밖에서 기다리고 있어요."

　"거의 매일 오는 건가?"

　"보름 전부터 만나기를 청하는 사람들이었어요."

　정정의 말에 진파랑은 짧은 숨을 내쉬었다.

　보름 전부터 꽤 많은 사람들이 진파랑의 거처로 찾아오고 있었다. 그들은 모두 진파랑의 휘하에 들어오고 싶어 하는 사람들이었고 저마다 이유가 있는 자들이었다. 또한 멀리서 찾아온 사람도 있었다.

"네가 볼 때 쓸 만한 사람들이 보이나?"

"없는 것보다 있는 게 좋지 않을까요? 이곳은 넓은데 사람이 없어요. 그리고 언제 또다시 사람들의 공격이 있을지… 원주님 혼자서 우리 모두를 지킬 수는 없으니 일꾼들이 불안에 떨고 있는 것도 무리는 아니에요."

"그렇겠군."

진파랑은 정정의 말이 무슨 뜻인지 잘 알고 있었다.

사람들이 잘 모르는 진파랑의 과거는 상당히 화려한 전적이 있었다. 과거의 그는 수십 명을 거느리는 당주급의 인물이었고 많은 싸움터를 지나왔다.

천문성은 그에게 많은 것을 빼앗아 갔지만 또한 많은 것을 준 곳이었다. 무림의 경험을 그에게 가장 많이 알려준 곳이 있다면 그건 천문성일 것이다.

연무장에 천천히 들어선 진파랑은 많은 사람들이 옹기종기 모여 있는 것을 볼 수 있었다. 그들은 진파랑이 계단에 모습을 보이자 자리를 털고 일어나 계단 쪽으로 움직였다.

진파랑은 계단 위에 서서 백여 명에 이르는 사람들을 둘러보았다. 그들의 대다수는 낭인 무리로 보였다.

"진파랑이오."

진파랑은 자신의 이름을 말하며 그들을 둘러보았다. 그들 중 광채를 발하는 안광을 지닌 인물도 있었다.

"우리를 받아주시오."

"진 원주를 주군으로 모시고 그 밑에서 일을 하고 싶소."

"받아주시오."

가장 먼저 나서서 말을 한 사람들은 오갈 데가 없는 듯한 모습이었고 진파랑이 받아주기를 바라는 무사들이었다.

"저는 천문성으로 곧 떠날 것이오. 이곳에 오래 있을 생각이 없으니 그리 알고 남을 분만 남으시오. 천외성에 머물 생각이 없으니 이곳에서 부귀영화를 누리고 싶은 분이 있다면 받지 않겠소. 또한 중원으로 향하는 길은 매우 어려운 길이 될 것이오. 언제 죽을지 모르는 길이니 함께한다면 죽음을 늘 생각해야 할 것이오."

진파랑의 말에 대다수의 사람들이 놀란 듯 눈을 크게 떴다. 천외성에서 팔마의 한 자리를 차지한 진파랑이 이 좋은 곳을 두고 떠난다고 하니 이해하기 어려웠다.

무리들 중 한 명이 큰 목소리로 물었다.

"중원으로 떠난다는 것이오?"

"그럴 것이오."

진파랑의 대답에 실망한 표정을 보이는 사람들이 많이 있었다. 이곳에서 팔마의 휘하에 들어가 지내는 것이 얼마나 편한 일인지 그들은 잘 알고 있었다.

"갑시다."

"좋다 말았네. 쉽게 취직이라도 할 줄 알았더니……."

"떠나긴 왜 떠나? 쯧쯧!"

많은 수의 무리들이 웅성대더니 신형을 돌리고 나갔다. 그들이 멀어지는 모습을 지켜보던 진파랑은 여전히 남아 있는 십여 명의 사람들을 둘러보았다.

"당신들은 남을 것이오?"

"천문성과 싸울 것이오?"

"그렇게 될 것이오. 내가 가만히 있어도 그들이 오겠지."

진파랑의 대답에 남은 사람들은 눈에 광채를 번뜩이기 시작했다. 그 모습에 진파랑은 미소를 보였다.

"끝까지 나와 함께할 생각이오?"

"물론이오."

"그럴 것이오."

남은 십여 명의 무사가 대답했다. 그들의 대답에 진파랑은 고개를 끄덕이며 정정에게 말했다.

"객청으로 모셔."

"예."

정정이 대답 후 남은 사람들을 객청으로 데리고 갔다. 진파랑은 곧 자신의 방으로 들어가 백옥도를 손에 쥐고 객청을 향해 걸어갔다.

그의 좌측으로 청란과 정월이 함께했다.

"당신을 따르는 무리가 생겨서 다행이네요. 하지만 가까이에 있는 적을 막아주지는 못할 거예요."

"너희 둘이 내게 검을 겨누지 않으면 문제가 안 되겠지."

진파랑의 농으로 한 말에 청란과 정월은 정색했다.

"그런 일은 없어요."

청란의 대답에 진파랑은 고개를 끄덕였다. 정월이 말했다.

"곁에서 도움을 주라 했어요. 그러니 걱정하지 마세요. 비밀 호위라 생각하시고 또한 하오문의 정보를 공유할 수 있는 중간 다리가 생겼다고 여기세요."

"하오문주가 내게 이렇게 잘해주는 이유는?"

"원주님의 무공이 몇 년이 지나면 사세와 비등해질 것 같다고 생각하세요."

정월의 목소리에 진파랑은 잠시 걸음을 멈추었다.

"나를 너무 높이 평가하는군."

"문주님은 냉정하신 분이세요. 원주님에 대해선 적당한 평가라고 생각해요."

정월의 대답에 진파랑은 고개를 끄덕였다. 그녀의 말은 곧 그녀 자신도 그렇게 생각하고 있다는 뜻이기도 했다.

실제 정월이 보는 진파랑은 암습으로 어떻게 할 수 있는 인물이 아니었다. 그의 무공은 세간에 너무 과소평가된 것이라 여겼다. 그는 아직 진정한 힘을 보인 적이 없는 듯했고 그간 천외성에서 보여준 무위는 만인을 압도하기에 충분했다.

'삼 할의 힘을 감추고도 그 정도면… 운지학과 견주어도 될 인물이 아닐까?'

절대지존이라 불리는 운지학을 본 적은 없지만 진파랑의 무위 역시 지금까지 본 적 없는 대단함이었다.

―진파랑을 호위하고 그를 보좌해.

간단한 전서를 통해 하오문주의 뜻을 파악한 청란과 정월이 그의 시비로 들어온 것이다. 시비가 되면 그만큼 그와 가까이에서 지낼 수 있기 때문이다. 그를 보좌하라는 것은 하오문과 연결된 다리를 맡으라는 것과 같았다.

"그 말을 믿지."

진파랑은 대답 후 빠른 걸음으로 객청을 향해 갔다.

상당히 넓은 객청의 안에 십여 명의 무인이 늘어서 있었고 진파랑이 들어오자 그들은 그를 향해 뜨거운 시선을 던졌다.

의자에 앉은 진파랑은 서 있는 사람들을 둘러보다 가장 나이가 많아 보이는 반백의 중년인에게 시선을 던졌다.

중년인은 오른팔이 팔뚝에서 잘려 있는 외팔이었고 허리에 도를 차고 있었다.

"장선백이오."

"팔도문주였군."

장선백은 고개를 미미하게 끄덕였다. 진파랑은 팔도문이 팔 년 전 천문성에 의해 멸문한 것을 알고 있었다. 그 당시 팔도문주만이 유일하게 살아서 도망쳤다는 것도 소식을 통해 들은 그였다.

　진파랑이 시선을 돌려 두 명의 비슷한 얼굴을 한 인물들을 쳐다보았다.

　"절강의 감소라 하오."

　"감이요."

　"형제?"

　"그렇소이다."

　감소가 대답 후 다시 말했다.

　"절강 순풍문에서 무공을 배웠소이다. 순풍문은 사 년 전 천문성에게 멸문당했고 우리 둘은 이렇게 이곳까지 온 것이오. 천문성의 무사를 단 한 명이라도 더 죽일 수 있다면 기꺼이 진 형의 팔이 되겠소."

　감소가 굳은 표정으로 말했고 진파랑은 고개를 끄덕였다. 그때 젊은 청년이 한 발 앞으로 나섰다. 남루한 옷차림에 거지 같은 봉두난발의 청년이지만 눈빛은 살아 있어 보였다. 입가에는 미소를 그리고 있었으며 호리호리한 체격이었다.

　"반갑소이다. 사공지라 하오. 내세울 건 없지만 나름대로 필요한 인재가 될 것이오."

　"무슨 뜻인가?"

진파랑은 사심 없이 웃어 보이는 사공지의 모습에 미소를 보였다. 사공지는 얼른 다시 대답했다.

"대금장에서 일을 했는데 삼 년 전 관에서 재산을 몰수하고 모두 죽었소이다. 아실지 모르지만 대금장을 그렇게 만든 놈들이 유성상회와 천문성이었소. 대금장은 천문성과 좋은 관계를 유지하고 있었지만 유성상회의 욕심 때문에 그리된 것이오. 재산을 불리는 능력은 좋으니 쓰시기 바라오. 어차피 천문성과 싸울 거라면 자금 관리도 필요하지 않소?"

진파랑은 선선히 고개를 끄덕였다. 곧 다른 사람들도 자신의 사정을 말했고 모두들 천문성과 원한이 깊은 자들이었다. 그런 자들만이 이곳에 남은 것이다.

"장 선배가 대주를 맡고 이들을 관리하시오."

"내가 말이오?"

장선백의 물음에 진파랑은 고개를 끄덕였다.

"물론이오. 흑랑대의 대주는 장 선배이니 다른 분들은 잘 따르시기 바라오."

"예."

얼떨결에 대주가 된 장선백은 거절하지 못하고 고개를 끄덕였다. 흑랑대는 이렇게 반나절도 안 되어 결정되었고 대주까지 정해졌다.

"저녁 식사를 마친 후 대전에 모두 모이시오. 이들에게 방을 안내해 줘."

"예."

정정은 대답 후 그들을 데리고 나갔다.

모두 밖으로 나가자 진파랑의 앞에 놓인 찻잔에 청란이 차를 따라주었다.

"네가 이렇게 차를 따르는 시비가 될 줄은 생각지도 못했다."

"한동안 곁에 있을 테니 즐길 만큼 즐겨."

"그럼 다과가 먹고 싶은데 가져올 수 있지?"

"여부가 있겠습니까?"

청란은 인상을 찌푸리며 대답 후 밖으로 나갔다. 그녀가 나가자 진파랑은 정월에게 시선을 던졌다.

"저들의 신분을 확인하고 싶은데 가능하겠어?"

"제대로 써먹을 생각이군요?"

"이왕 옆에 있을 거라면 그래야지."

진파랑의 대답에 정월은 미소를 보였다.

"살수가 스며드는 것은 귀찮은 일이니 확인해 볼게요."

"얼마나 걸리지?"

"넉넉히 보름은 걸려요."

"빠르군."

진파랑은 보름이라는 시간 동안 십여 명의 사람들의 신분을 파악할 수 있다는 것이 얼마나 대단한 일인지 대충 짐작하고 있었다. 한 사람의 과거를 쫓는 것도 힘든데 그 짧은 시간

안에 흑랑대의 모든 인원을 조사할 수 있다는 것에 하오문의 힘이 크다는 것을 느꼈다.

"외출 좀 하고 올게요. 원주님의 심부름이라고 하면서 나갔다 오지요."

"흑랑대를 조사하면 시비들하고 일꾼들도 알아봐 줘."

"알겠어요."

정월은 대답 후 천천히 밖으로 나갔다.

이른 저녁을 먹은 흑랑대의 대원들은 대주인 장선백과 함께 대전으로 들어왔다. 족히 백여 명이 들어와도 될 정도로 넓은 대전이었고 그 중앙에 흑랑대가 서 있었다. 그리고 상석에는 진파랑이 앉아 있었다.

"사공지가 총관을 맡아. 정정은 사공지에게 인수인계 좀 해줘."

"예."

"좋은 생각이십니다."

봉두난발의 청년은 사라지고 청색 무복을 입은 호리호리한 체격에 백지장처럼 창백한 안색의 사공지가 웃었다.

"사 총관은 필요한 사람들을 뽑아서 써. 몇 개월만 있을 거지만 그래도 사람은 써야지."

"그렇게 하지요."

진파랑은 미소를 보인 뒤 사람들을 둘러보며 다시 말했다.

"오늘부터 흑랑대가 돌아가면서 번을 서주기 바라오. 그리고 앞으로 찾아오는 사람들이 더 있을 텐데 그들을 모두 받을 수는 없으니 대주께서 처리를 해주시오."

"내가 말이오?"

장선백은 할 일이 얼떨결에 하나 더 늘었다는 것에 미간을 찌푸렸다. 장선백은 투기를 보이며 물었다.

"천문성과는 싸울 것이오?"

"천문성이 먼저 올 것이오."

"알겠소. 그런데 인원은 몇 명으로 할 것이오?"

"흑랑대는 서른 명 정도가 좋을 것 같소."

"서른이라… 적당하지."

장선백은 고개를 끄덕였다. 그 정도의 인원이라면 이곳의 경비를 맡는 데 무리는 없어 보였다. 최소한의 인원이었고 어느 정도 실력이 되는 일류급들이라 상당한 힘이 될 것이다.

"자금은 넉넉하게 있소이까?"

사공지가 묻자 정정이 앞으로 나섰다.

"그건 걱정 마세요. 전 원주의 재산이 많아 오십 년은 충분히 쓰고도 남을 돈이 있어요."

"좋아!"

사공지가 기분이 좋은지 큰 목소리로 외쳤다. 그때 빠른 발소리와 함께 대전으로 십여 명의 무리가 들어왔다. 그들은 적색 무복을 걸치고 있었으며 강한 기도를 내뿜고 있었다.

그들은 한눈에 보아도 상석에 앉은 사람이 진파랑이란 것을 아는 듯 그의 앞으로 거침없이 나갔다. 그러자 흑랑대가 앞을 막았다. 그 모습에 적색 피풍의를 두른 사십 대 중년인이 먼저 한 발 앞으로 나서며 입을 열었다.

"성주님의 명으로 온 것이니 비키시오."

"적룡대였군."

장선백의 말에 적룡대의 대주인 유조방은 고개를 끄덕였다. 적룡대는 운지학의 호위를 맡고 있는 곳으로 개개인이 모두 일류고수들이었다. 이곳 천외성의 정예라 할 수 있는 자들이었고 누구나 들어가고 싶어 하는 곳이기도 했다.

그는 진파랑의 앞에 다가와 포권하며 말했다.

"성주님께서 내일 미시에 진 원주를 뵙고자 하오."

"미시에 말이오?"

"그렇소이다."

유조방의 대답에 진파랑은 고개를 끄덕였다.

"알겠소. 내일 가겠소이다."

"그럼."

유조방은 할 말을 다 한 듯 신형을 돌렸고 곧 십여 명의 적룡대와 빠르게 사라져 갔다.

'운지학……'

진파랑의 심장이 크게 뛰기 시작했다.

와아아아!

함성 소리와 함께 비무대에 피를 흘리며 한 사람이 쓰러졌다. 그 옆에는 승자의 얼굴로 서 있는 사람이 있었다.

승자는 미소와 함께 무대를 내려갔고 패자는 차디찬 시신이 되어 쓰러진 채 짐꾼이 와서 옮겨주기를 기다리고 있었다.

"졌군."

"돈 날리고 이게 뭐야."

죽은 자를 앞에 두고 사람들은 심심한 조의를 표하는 것이 아니라 도박에 관한 이야기를 더욱 많이 나누었다. 팔왕 대회와 도박은 늘 따라다니는 흥행 요소였고 모든 관리는 지탁이 하고 있었다.

지탁은 벌써 세 번째 팔왕 대회를 관장하고 있었다. 벌써 세 명의 승자가 나왔고 그들은 팔마에게 도전할 기회를 얻은 자들이었다. 그리고 마지막 한 명을 지금 고르는 중이었다. 대회는 치열해졌고 지금까지 사상자만 백여 명에 달했다. 하지만 아무도 죽은 자를 기억하지는 않을 것이다.

와아아아!

계단을 오르던 진파랑의 귀로 멀리서 함성 소리가 들려왔다.

"팔왕 대회도 무르익어 가는 모양이군."

진파랑은 혼잣말로 중얼거리며 계단을 오르고 있었다. 그의 앞에는 적룡대의 대주인 유조방이 걷고 있었는데 그는 미리 나와 진파랑을 기다리고 있었다. 둘은 함께 운지학의 거처로 향하며 말을 나누기 시작했다.

"팔왕 대회에 뽑힌 자들은 팔마에게 도전을 하게 되오. 진원주에게도 도전자가 있을 것이오."

유조방은 진파랑을 향해 말했다.

"환영하는 바요."

진파랑은 걸어오는 싸움은 피하지 않겠다는 듯 대답했다. 호전적인 그의 대답에 유조방은 눈을 반짝였다. 자신이 보고받은 것과 달리 진파랑의 투기는 상당히 높았기 때문이다. 그는 싸움을 좋아하는 사람처럼 보였다.

"본 성에 오자마자 팔마의 한자리를 차지했는데 기분은 어떻소?"

"아무것도 모른 채 앉은 자리이기 때문에 얼떨떨할 뿐이오."

"기분이 묘할 것이오. 아직 적응하기 어려울지도 모르겠소. 하지만 앉아야 할 사람이 앉은 것이라 생각하오."

유조방의 말은 진파랑의 무위를 인정한다는 뜻이기도 했다.

"성주님은 어떤 사람이오?"

유조방은 왜 이제야 질문을 던지는지 모르겠다는 표정으로 미소를 던졌다. 실제 지금 진파랑이 가장 궁금해야 할 사람이 운지학이었기 때문이다.

"좋은 분이오. 지금까지 천외성의 역대 성주 중 가장 중립적이고 살생이 없는 분이오. 지금의 천외성은 과거에 비해 세 배 가까이 그 힘이 증가한 상태이고 아직도 많은 사람들이 모여들고 있소. 살기 좋은 곳이란 방증이 아니겠소?"

"존경하는 것 같구려?"

"물론이오."

유조방은 당연하다는 듯 대답했고 진파랑은 운지학이 의외로 정대한 인물일지도 모른다고 생각했다. 천외성의 성주이며 파천의 군주라 불리는 그가 정대한 인물이라면 이것 또한 반전이 될 것이다.

계단의 끝에 오르자 짙은 운무와 함께 구름에 반쯤 가린 문이 보였고 그 안으로 유조방과 함께 걸어갔다.

한참을 걸었고 전각과 회랑을 지나 후원으로 들어선 유조방은 곧 문 앞에서 걸음을 멈췄다.

"여기부터는 혼자 가시오. 조금 걷다 보면 집이 보일 것이오."

"감사하오."

진파랑은 가볍게 포권한 뒤 천천히 후원의 길을 걸었다. 사방을 둘러싼 짙은 안개에서는 축축한 수분 냄새가 흐르고 있었다. 짙은 공기는 정신을 맑게 해주는 것 같았고 진한 나무의 향이 흐르고 있었다. 일각 정도 걷자 몇 채의 집이 나왔고 중앙에 자리한 가장 큰 집 안에서 은은한 향과 함께 사람의 기운이 흘러나오고 있었다.

마치 폭풍을 간직한 기운이었고 집중을 못 하면 바람이라 생각할 그런 기운이었다. 바람처럼 흘러가는 그의 기도는 진파랑의 전신을 감싸는 듯했다.

진파랑은 긴장한 마음을 다시 잡으며 천천히 걸었고 곧 집 안으로 들어갔다. 그리고 기다렸다는 듯 나와 서 있던 시비들의 안내를 받으며 안으로 들어갔다.

작은 객청의 다탁 앞에는 반백의 중년인이 앉아 있었는데 그는 인자한 눈빛에 부드러운 미소를 머금고 있었다. 전체적으로 인상이 좋았으며 살생을 해본 적이 없는 맑은 눈을 하고 있었다.

"처음 뵙겠습니다. 후배 진파랑이 운 선배님께 인사드립니다."

"앉게."

운지학이 미소로 말했다.

일광(一狂 : 강호는 미친 세상이다.)
ㅡ질풍강호(疾風江湖) 마천세(魔天世) 운지학.

미친 사람처럼 수많은 살생을 저지른 후 중원을 떠나 새외를 떠돌던 그였다. 그가 중원을 떠난 이유는 단지 자신에게 원한을 가진 자들의 추적과 연합된 세력이 귀찮아서라고 했다.

세상을 주유하던 그가 자리를 잡은 곳은 천외성이었고 천외성주는 그날 하늘에서 날벼락을 맞은 기분으로 세상을 떠났다고 한다.

강자만이 사는 세상이 바로 천외성이었고 운지학은 이곳에서 최고의 고수였으며 절대군주였다.

"저를 보고자 하셨다고 들었습니다."

"내 집에 온 귀한 손님인데 얼굴은 봐야지."

운지학은 여전히 미소를 보였고 다탁에는 과일과 함께 다과상이 차려졌다. 진파랑의 앞에 놓인 찻잔에 차를 따른 시비들이 모두 물러가자 운지학은 다시 말했다.

"이곳에는 왜 왔는가?"

"이세신과 싸우고자 왔습니다."

진파랑의 입에서 흘러나온 말에 운지학은 살짝 눈을 반짝였다. 그 싸늘함에 진파랑은 등골이 서늘해지는 것을 느꼈다.

"이세신이라… 조자경이 부탁한 모양이군?"

운지학의 입에서 조자경의 이름이 나오자 진파랑은 상당히 놀란 표정을 보였다. 운지학은 수염을 쓰다듬으며 미소를 던졌다.

"내가 알고 있어서 놀랐는가?"

"예."

진파랑은 짧게 대답했고 운지학은 당과를 입에 넣으며 말했다.

"조자경과 이세신이 사제지간이란 것을 아는 사람은 세상에 그리 많지 않아. 그리고 둘이 원수 사이란 것도 말이지."

"어떤 관계인지 아실 줄은 몰랐습니다."

"오래 살다 보면 알게 되는 일이네."

진파랑의 말에 운지학은 고개를 끄덕였다.

"이세신과 비무 후 죽게 되면 이곳에 뼈를 묻을 것이고 살게 된다면 그 이후에는 어떻게 할 생각인가?"

"천문성으로 가야지요."

운지학은 다시 차를 마셨다. 진파랑도 차를 마시며 그 향기를 음미했다.

"설국차라는 것이네."

"맛이 좋습니다."

진파랑은 처음 먹어보는 차향에 만족한 표정을 보였다.

"천문성으로 간다라……."

운지학은 많은 생각을 하는 듯 시선을 창밖으로 던졌다. 그의 눈에 운무로 가득 찬 정원이 보였다.

"칼끝에 선 자라… 다가오는 죽음을 즐기는 건가?"

"제가 해야 할 일입니다. 천문성과의 관계를 끝내지 못하면 그다음의 저도 없겠지요."

진파랑의 굳은 목소리에 운지학은 그 마음을 이해하는 듯 보였다. 진파랑은 궁금한 듯 물었다.

"어떤 연유로 저를 보자고 했는지 그 진의가 궁금합니다."

"앞으로 강호를 이끌어갈 인재가 있다 하니 그 얼굴이라도 보아둘까 하고 부른 것이네."

"과찬이십니다."

"아니야… 자네는 충분히 그럴 능력이 있어 보이네."

운지학은 다시 한 번 살짝 눈을 반짝였다. 그의 눈빛을 받고도 아무렇지도 않게 앉아 있는 인물은 그리 많지 않았다.

진파랑은 다시 한 번 솜털이 곤두서는 기분이 들었지만 그 날카로운 기운을 흘려보냈다.

'심살(心殺)?'

눈빛만으로도 사람을 능히 죽일 수 있다고 알려진 전설적인 경지인 화경의 경지에 들어선 게 아닐까? 진파랑은 문득 그런 생각을 했다.

"사람들이 말하길 운 선배는 미친 사람이라 피하는 게 좋다고 하던데 지금 보니 전혀 그렇게 안 보입니다."

"후후!"

운지학은 진파랑의 말에 가볍게 실소를 흘렸다. 곧 그가 입을 열었다.

"나는 오 년 정도 주화입마에 빠져 있었지, 정신이 오락가락하는 상태였고 눈에 보이는 모든 것을 파괴하고 싶었네. 내 힘… 내 무공의 이 강함을 증명하고 싶어 하는 욕구를 이기지 못했어, 그러다 어느 날 높은 곳을 보게 되었고 주화입마는 자연스럽게 사라졌네. 그 이후 이렇게 천외성에 오게 되었지."

주화입마를 빠져나와 더욱 높은 경지에 들어섰다는 것에서 진파랑은 눈을 부릅떴다. 주화입마에 한번 빠지면 죽거나 불구가 되는 것이 보통의 일이었다. 그런데 운지학은 더욱 높은 경지에 들어섰다고 했다.

'인간이 아니군.'

문득 일기의 모습이 떠올랐고 진풍자의 얼굴도 생각이 났다.

운지학은 진파랑이 놀라는 표정을 보이자 슬쩍 미소를 보이며 다시 수염을 쓰다듬었다. 그가 궁금한 표정으로 물었다.

"자네의 무공은 누구에게 배운 것인가? 천문성의 무사가 배울 도법이 아닌 듯해서 묻는 것이네."

"제 스승님은 왕만이라는 분인데 어떤 사람들은 진풍자라 하더이다."

"놀랍군."

순간적으로 운지학은 눈을 크게 떴다. 진풍자의 이름을 진파랑의 입에서 듣게 된 것이 그에게도 매우 놀라운 일인 듯 보였다.

"그의 천풍육도를 배웠다는 것인가?"

"그렇습니다."

운지학의 물음에 진파랑은 빠르게 대답했다. 하지만 운지학이 천풍육도를 알고 있다는 사실에 그도 놀라고 있었다.

"꽤 오래전 진풍자가 찾아와 자신의 천풍육도를 시험하려고 했지. 그 상대로 나를 고른 것이네. 실제 나와 진풍자는 사이가 좋은 편이지."

운지학의 말에 진파랑은 다시 한 번 놀라워했다. 운지학이 다시 말했다.

"일기의 천지검을 이기기 위해 만든 것이라 하지만 그때는 완성이 안 된 반쪽짜리 도법이었네. 그런데도 상당히 위험한 도법임을 알았지…… . 풍 형의 천풍육도를 배운 자가 자네라… 좋은 선택이었군."

운지학은 진파랑의 자질과 눈빛이 마음에 드는지 고개를 끄덕였다.

"일기를 아십니까?"

"물론이네."

운지학의 전신에서 낮고 무거운 기도가 흘러나오기 시작했다. 일기를 떠올리자 좋지 않은 추억이 생각난 듯 보였다.

"십오 년 전… 주화입마에 빠져 있던 나를 꺼내준 것이 그였지."

진파랑의 표정이 굳어졌다. 운지학은 다시 말했다.

"그리고 내게 처음으로 패배를 안겨준 것도 그였네."

운지학은 패했다는 말을 스스로 내뱉었고 그 말을 듣는 순간 진파랑의 눈동자가 크게 흔들리기 시작했다.

"일기… 일기라…… . 그놈은 그 당시에도 어리고 광오했으며 자신감에 가득 차 있는 인물이었지. 그의 무공은 하늘을 가르더군. 자네는 하늘이 갈라지는 모습을 본 적이 있는가?"

"없습니다."

진파랑은 단호한 목소리로 답했다. 운지학은 그럴 줄 알았다는 듯 다시 말했다.

"견식을 해보면 알지… 왜 일기가 천하제일인지 말이야."

진파랑은 대답 없이 차를 마시며 진풍자의 분노와 그의 패배감이 만든 천풍육도의 무서움을 생각했다.

"과거 얘기는 이만하지."

좋은 추억은 아닌 듯 운지학이 먼저 손을 저었다.

"일기를 이기고 싶습니다."

급작스럽게 튀어나온 진파랑의 공격적인 말에 운지학은 흥미롭다는 듯 눈을 반짝이기 시작했다.

"이기기 위해 천풍육도를 배웠습니다."

"진풍자가 그래서 가르쳐 준 것인가?"

"그렇습니다."

"진풍자는 늙었고 언제 죽을지 모르니 아무래도 가능성이 높은 자네에게 자신의 소망을 맡긴 모양이군."

진파랑은 운지학의 말에 대답하지 않았다. 하지만 표정으로도 그렇다는 것을 알 수 있었고 운지학은 다시 한 번 수염을 쓰다듬었다.

'일기를 이긴다라… 지금까지 생각 못 한 일이로군.'

운지학은 진파랑의 젊음이 부럽다는 생각이 문득 들었다.

자신도 저렇게 젊었다면 일기를 이기기 위한 삶을 살았을지도 모른다고 생각했다. 젊음을 가졌다면 자신의 삶도 바뀌었을 것이다.

"오랜만에 피가 끓어."

운지학은 재미있다는 듯 중얼거렸다.

진파랑은 운지학의 기도가 패기를 가지기 시작하자 그가 일대종사라는 사실을 자각했다.

'천문성주도 이런 기운을 가지고 있겠지?'

사세의 모든 이들이 이런 기운을 가지고 있다고 여겼다. 한 번도 느껴보지 못한 미증유의 힘이 어깨를 누르기 시작했다.

"운 선배님의 무공을 한 수 배우고 싶습니다."

본능처럼 튀어나온 말이었고 말을 한 뒤 순간적으로 식은 땀이 등줄기를 타고 흘렀다. 운지학은 진파랑의 말에 잠시 눈을 반짝이더니 크게 웃었다.

"하하하하! 그 패기가 대단히 마음에 드는구나!"

운지학의 큰 목소리에 진파랑은 자신이 흔들렸다는 것을 알았다. 운지학의 기도는 자신의 투기를 자극하는 기도로, 자신의 피를 뜨겁게 달궈주고 있었다. 한 수 배우고 싶다는 말은 그 끊임없는 공격을 이겨내기 위해 한 말이었다.

"좋다. 하지만 삼 초만이다."

"감사합니다."

진파랑의 대답에 운지학은 자리에서 일어섰다.

"따라오너라."

"예."

운지학의 뒤를 따라 진파랑은 후원 깊숙한 곳으로 걸어갔다.

작은 공터에 도착한 둘은 서로를 마주 보고 서 있었다. 오장여의 작은 공간이었고 그 주변은 단풍나무들이 빼곡하게 들어차 있었다.

"이 정도면 적당한 듯하군."

"좋은 곳이군요."

진파랑은 운치 있어 보이는 짙은 푸르름에 미소를 보였다. 나무 사이로 흘러가는 안개의 짙은 그림자가 마치 파도 속에 있는 듯한 착각을 만들어주었다.

"내가 좋아하는 나무들이니 상처 하나 없게 해주게."

"알겠습니다."

진파랑의 대답에 운지학은 안심한 듯 미소를 보이며 소매를 걷었다. 진파랑은 운지학의 무공에 대해 많은 소문을 들어 알고 있었다. 그의 장법은 천하제일이며 파천의 위력이 있다 하였고 호신강기를 파괴하는 내가중수법이라 하였다.

운지학은 뇌성벽력장(雷聲霹靂掌)을 펼치기 위해 혼원공을 일으켰다. 그러자 그의 기운이 사방으로 휘몰아쳐 나갔다.

"일초네."

우르릉!

뇌성 같은 폭음과 함께 벼락처럼 회색 기운이 밀려들었다. 운지학의 뇌성벽력장의 일초는 섬란장이라 불리며 한번 격중되면 내장이 파열되어 즉사하는 무공이었다.

진파랑은 놀란 표정을 보이며 혈소풍을 펼쳤다. 구층연심공의 칠공까지 올라간 이 갑자의 내력이 그의 팔을 통해 흘러나왔고 도신을 빠져나와 붉은 혈풍을 만들었다.

콰쾅!

폭음과 함께 사방으로 강한 바람이 휘몰아쳤고 뇌성벽력장의 장풍이 사라진 듯했다. 섬란장이 순식간에 사라지자 운지학은 고개를 끄덕이며 그의 무공이 대단하다는 것을 인정했다.

"이초."

슈아악!

두 개의 벼락이 손끝을 통해 흘러나왔고 빠르게 진파랑의 머리 위에 떨어졌다. 진파랑의 신형이 십여 명으로 늘어나더니 운지학을 향해 백여 개의 백색 선을 날렸다. 파랑육도를 한꺼번에 펼친 것이다.

파파팟!

두 개의 섬란장을 피함과 동시에 운지학의 가슴을 노린 진파랑의 한 수에 운지학은 왼손을 뻗었다. 그러자 다가오던 도기가 마치 솜에 물이 빨려 들어가듯 회오리치며 그의 장심으로 스며들었다. 순간 작은 구체가 빠르게 진파랑을 향해 뻗어 갔으며 거대한 손 그림자가 밀려왔다.

"삼초."

운지학의 목소리와 함께 강구를 보던 진파랑의 표정이 굳었다. 운지학의 혼원공은 흡성대법과 유사한 점이 있다고 들었기 때문이다. 실제 운지학이 그런 수법을 사용한 후 반탄강기로 파랑육도를 튕겨낸 것이다.

콰쾅!

폭음과 함께 붉은빛이 사방으로 퍼지며 진파랑의 신형이 뒤로 일 장이나 밀려 나갔다. 도는 붉게 달아올라 있는 상태에서 점점 백색으로 변해가고 있었다.

"무섭군요."

진파랑은 붉게 달아오른 도신을 바라보다 굳은 표정으로 중얼거렸다.

"내 삼초를 이렇게 쉽게 받아낼 줄은 몰랐네."

운지학은 진파랑이 조금 고전할 거라 예상했지만 그의 생각과 달리 너무 쉽게 자신의 공격을 받아내었다. 자신의 오성 내력이 담긴 뇌성벽력장이었고 현 강호에 이 정도의 장법을 받아내는 무인 또한 거의 없다고 여겼다.

진파랑은 눈앞에 있는 사람이 천하제일의 고수 중 한 명이라 불리는 사세의 한 사람이란 것을 잠시 잊은 듯했다. 하지만 분명 지금 눈앞에 서 있는 사람은 사세의 한 사람이었고 천외성의 성주이자 천하를 주름잡는 고수였다.

그러나 진파랑은 쉽게 그의 삼초를 받아내었고 오히려 공격까지 한 상태였다. 그 짧은 시간 동안 벌어진 일이었고 과거와 달라진 자신을 느낄 수 있는 시간이었다.

"천문성에 꼭 가야 하겠나? 자네 정도의 무공이라면 굳이 갈 필요가 없을 듯하네. 그 정도의 무공이라면 아무리 천문성이 대단하다 하더라도 이곳까지 오지 못할 것이네."

진파랑의 무공이 아깝다고 생각했는지 운지학은 조용히 말했다. 그의 말에 진파랑은 고개를 저었다.

"제가 시작한 싸움입니다. 제가 끝을 내야지요."

"그 싸움의 끝이 무척 궁금하군."

운지학은 고개를 끄덕였고 곧 신형을 돌렸다.

"다음에 저녁이라도 같이 먹지."

"예."

진파랑은 짧게 대답했고 두 사람의 그림자가 단풍나무 사이로 사라졌다.

운지학을 만나고 돌아온 진파랑은 내실에 앉아 차를 마시고 있었다. 조용한 실내에 그림자가 드리웠고 정정이 모습을 보였다.

"성주님은 어떠셨나요?"

"무척 인상적인 분이지."

진파랑은 고개를 끄덕이며 답했다. 그때 새로 온 시비인 소옥이 다과를 가지고 들어왔다.

"여기요."

그녀는 다탁 위에 다과상을 내려놓고 한 발 물러섰다.

"소옥이던가?"

"예."

"잘 먹지."

진파랑은 미소를 보인 뒤 조각난 사과를 입에 넣었다. 아삭거리는 느낌과 달콤함이 입안에 퍼졌다.

"팔왕 대회는 어떻게 진행되고 있지?"

진파랑의 물음에 정정이 답했다.

"네 명의 도전자가 결정되었고 내일은 강 원주의 비무가 있어요. 그리고……."

"그리고?"

"원주님께도 도전자가 있어요."

"누구지?"

진파랑은 궁금한 듯 눈을 반짝였다.

"조방이란 자예요."

"조방… 혈풍귀(血風鬼)라 불렸던 자로군."

진파랑은 마치 알고 있는 사람처럼 중얼거렸다. 정정은 진파랑이 강호의 소식에도 정통하다는 생각이 문득 들었다.

"운남 지방에서 이름을 날리던 고수예요."

진파랑은 고개를 끄덕였다. 정정은 생각난 듯 다시 말했다.

"장 원주와 영기위의 비무도 있어요."

진파랑은 영기위를 떠올리며 눈을 반짝였다. 장대선의 무공은 그도 한번 견식을 했기에 강하다는 것을 잘 알고 있었다. 하지만 영기위 역시 대단한 고수였다.

"흥미로운 대결이 되겠군."

"사람들은 장 원주가 이길 거라 말하지만 영기위는 강호에서도 알아주던 고수라 누가 이길지 모르겠어요."

"구경은 할 수 있나?"

"네."

정정의 대답에 진파랑은 미소를 보였고 소옥이 말했다.

"저도 구경하고 싶은데 함께해도 될까요?"

"물론."

진파랑의 대답에 소옥은 매우 신이 난 얼굴로 밝게 미소를 보였다.

"란이는 어디에 갔지?"

"팔왕 대회를 구경한다고 나갔어요. 해질녘까지 오라 했으니 곧 오겠지요."

정정의 말에 진파랑은 청란이 시비로 들어왔으면서 시비 일은 안 하고 잘도 논다고 생각했다.

"다른 사람들은?"

"흑랑대는 경비를 서고 있고 대주인 장선백은 뒤뜰에서 홀로 수련에 열중하고 있어요. 사공지는 창고를 정리하는 중이고요."

진파랑은 그녀의 말을 들으며 무심하게 창밖을 바라보다 입을 열었다.

"내가 중원으로 떠나면 몇 명이나 따라올까?"

"흑랑대는 따라갈 것이고 저희들 중에도 몇 명은 함께하지 않을까요?"

"다행이군."

진파랑은 고개를 끄덕였다.

"중원의 소식이 궁금한데 알아볼 수 있을까?"

"지 총관에게 부탁해야 할 거예요. 제가 가볼까요?"

"아니… 그럴 필요 없지."

진파랑은 손을 들어 막으며 다시 차를 마셨다.

밤이 되고 어둠이 짙게 깔리자 진파랑의 침실에 그림자 하나가 모습을 보였다. 청란이었다. 자고 있던 진파랑은 인기척에 눈을 떴다.

"잠을 잘 때는 혼자 있고 싶군."

"네 사정까지 생각하고 싶지는 않아. 안 그래도 낮에 시비로 생활하는 게 얼마나 어려운 일인지 알아?"

청란은 투덜거리듯 말했다.

"왜 왔지?"

"천문성의 무사들이 아직 이곳에 더 있다는 정보를 듣고 알아보는 중이었어."

"소득은?"

"없어."

청란은 실망한 얼굴로 짧게 대답했다.

"천문성의 정보원이라면 있겠지… 그들은 어디에도 있으니까 말이야."

"정보원이라면 움직일 필요가 없지만 백천당이라면 다르지."

청란의 말에 진파랑의 눈이 반짝였다. 그가 반응을 보이자 청란은 다시 말했다.

"백천당이 너를 잡기 위해 나왔는데 활동이 없는 게 이상해……. 네 무공 때문에 잠시 뒤로 물러선 것 같기도 하고… 아무튼 조심하는 게 좋을 것 같아."

"그러지."

진파랑은 일어나 침상에 걸터앉으며 대답했다. 곧 그는 궁금한 얼굴로 물었다.

"천문성은 어떻지?"

"최근까지 내가 들은 소식에 의하면 운중세가와 상당히 큰 격전을 치르는 것 같아."

"운중세가……."

진파랑은 운중세가란 말에 운강의 얼굴을 떠올렸다. 청란이 다시 말했다.

"그것보다 너와 직접적인 관계가 있는 사람들에 대해 말해줄게."

청란은 미소를 보였다.

"모용선과 당안이 석 달 뒤 혼인식을 올린다고 하더군. 그것 때문에 지금 중원은 난리라고 하는데 못 들었지?"

"놀랍군."

진파랑은 모용선의 얼굴과 당안의 어린 소년 같은 모습을 떠올렸다.

"가볼 거지?"

"가야겠지… 혹시라도 그녀를 볼 수 있을지도 모르겠군."

진파랑의 그녀가 마지령이란 것을 청란은 잘 알고 있었다.

"마 소저의 소식도 알려줘?"

진파랑의 눈이 반짝이고 표정이 바뀌자 청란은 빠르게 다시 말했다.

"무당산에서 청공 도사와 삼 일 동안 비무를 하고 비겼다는 소식이 있어. 그리고 현재는 아미파의 연심이란 이름으로 지내고 있으며 제자도 있다 들었지."

"제자……."

진파랑은 그녀가 제자를 받았다는 것에 상당히 놀라고 있었다.

"갈 거야?"

"흠……."

진파랑은 고민스러운 표정으로 고개를 숙였다. 그 모습에 청란은 그가 혼자 있고 싶어 한다는 것을 알고 일어섰다.

"난 이만 가볼게."

第三章
산 위에 선 자

眞家 진가도

진파랑이 백 명이 넘는 사상자를 만들고 그들의 시신 위에
섰을 때 느낀 감정은… 없었다. 이곳에서 자신의 존재감을 과
시하기 위해서 행한 일이었지만 후회는 없었다. 그리고 그 결
과 지금은 팔마의 한 자리를 차지하게 되었고 천외성에서의
생활은 편안할 수밖에 없었다.

"마치 집 같군."

침상에 걸터앉아 이제는 익숙한 방 안의 전경을 눈에 담았
다.

진파랑은 문득 자신에게 있어서 집이 어떤 존재인지 떠올
렸다.

'부평초 같은 삶을 살아왔던가⋯⋯.'

진파랑은 지금까지 자신이 어딘가에 정착한 곳이 없다는 것을 알았다.

"고향은 어디였더라⋯⋯."

생각을 해보니 지금까지 고향에 대한 생각도 해본 적이 없었다. 천문성이 다녔던 어린 시절이었고 그곳이 곧 집이었다. 천문성을 제외하고 그의 인생을 말하라면 할 말이 거의 없을 것이다.

타지에서 적응을 하고 익숙해질 때쯤 언제나 다른 곳으로 이동해야 했고 그곳에서 또 다른 환경에 적응을 해야 했다. 그리고 지금은 천외성에 와 있었다. 이런저런 생각에 잠겨 있자니 하루가 일찍 저물었고 깊은 밤이 찾아왔다.

깊은 밤이 오자 소리 없이 정월이 나타났다. 정월은 진파랑이 홀로 내실에 앉아 있는 것을 발견하고 천천히 다가갔다. 시비의 모습이었고 어디에도 무공을 익힌 흔적은 없는 듯 보였다.

"전에 분부하신 일은 잘 마무리가 되었습니다."

"어떻게 되었지?"

"시비들은 모두 확실하더군요. 일꾼 중에 두 명은 아직 조사 중인데 시간이 걸릴 것 같고 흑랑대는 모두 확실한 사람들이지요. 모두의 공통점은 천문성에 원한이 있다는 점이에요."

원한이 있다는 말에 진파랑은 그들이 자신의 곁을 떠나지
않을 것 같다고 여겼다.

"앞으로도 잘 부탁하지."

"예."

정월은 대답 후 조용히 실내를 빠져나갔다. 그녀가 나가자
진파랑은 침실로 들어가 운기조식을 하기 시작했다.

좁은 방 안에 홀로 앉아 있던 중년인은 피에 젖은 혈향을
간직하고 있었다. 피에 젖은 옷을 그대로 입고 있었으며 기세
등등한 살기를 은연중 뿌리고 있었다.

조용히 앉아서 휴식을 취하던 중년인의 귀에 발소리가 들
려왔다. 발은 문 앞에서 멈춰 섰고 잠시 방과 문 사이로 무거
운 정적이 맴돌았다.

"들어오시오."

중년인의 말에 문을 열고 서른 초반의 장년인이 모습을 보
였다. 그는 허리에 도를 차고 있었으며 큰 키에 다부진 체격
을 한 인물이었다.

"반갑소이다."

장년인은 포권 후 앞에 앉았다.

조방은 안으로 들어온 차위를 슬쩍 쳐다보았다. 자신의 살
기를 느끼고도 아무렇지도 않게 앉아 있는 그는 분명 강한 고
수였고 자신과 함께 팔왕 대회를 모두 이긴 인물이었다.

"무슨 일이오?"

차위가 이 시간에 자신을 찾아온 것이 의외인 듯 조방은 궁금한 표정으로 물었다.

"천문성에서 보낸 사람이 찾아왔었소. 혹시나 조 형에게도 찾아왔는지 궁금해서 온 것이오."

"어제 왔었소."

차위의 말에 조방은 고개를 끄덕였다.

어젯밤 분명히 천문성에서 찾아온 사자가 있었고 그는 자신이 진파랑과 비무를 하기를 원했다. 그를 죽여주면 더 좋다고 말한 사내였다. 조용히 나타났다가 소리 없이 사라진 인물이었고 고수가 분명했다.

"어떻게 하실 생각이오?"

차위의 물음에 조방은 미소를 보였다.

"그러는 차 형은 어떻게 할 생각이오?"

"저는 개인적으로 강 원주에게 원한이 있소이다. 강 원주와 비무를 할 것이오."

차위의 말에 조방은 고개를 끄덕였다. 개인적인 원한이 무엇인지 궁금했지만 굳이 그것을 묻지는 않았다.

"진파랑과 싸울 것이오."

조방의 말에 차위는 미소를 보인 뒤 자리에서 일어섰다.

"다행이오."

차위는 할 말을 다 한 듯 밖으로 나갔다.

네 명의 우승자들 중 같은 사람에게 도전을 한다면 둘은 다시 싸워야 했다. 오직 한 명만이 한 사람에게 도전할 수 있기 때문이다. 차위는 조방의 의중이 궁금했고 진파랑과 싸운다는 사실에 안심하고 나간 것이다.

조방은 차위의 모습을 다시 볼 수 없을지도 모른다고 여겼다. 그의 무공은 분명 강했지만 강십은 절대 만만한 상대가 아니었다.

"내가 남을 걱정할 때인가?"

조방은 유난히 긴장되는 밤이란 생각이 들었다.

진파랑은 백여 명의 무사들을 도륙한 살인마였고 그의 도법은 무서웠으며 매우 빠르다고 들었다. 하지만 자신 역시도 수많은 살생을 이루고 이 자리에 오른 혈귀가 아니던가? 두려움은 없었다. 단지 긴장감만이 근육을 당기고 있을 뿐이었다.

조방이 진파랑을 고른 이유는 누군가의 부탁 때문이 아니라 스스로 선택한 일이었다. 지금 현재 가장 화제가 되는 인물이었고 고수였으며 그를 죽이면 천하에 명성을 떨칠 수 있었다. 운남성의 혈귀가 천하의 조방이 되는 것이다.

거기다 무공서와 엄청난 금까지 얻을 수 있으니 구미가 당기는 상대인 것은 틀림이 없었다. 목숨을 걸어볼 가치가 있는 상대였다.

"조방은 운남성 강경 출신으로 어릴 때 사혈도(死血刀) 장

위강의 제자가 되었어요. 장위강은 이름 높은 사파인이었고 상당히 많은 사람들을 죽였어요. 그의 제자였던 조방 역시 지금까지 살인마라 불릴 정도로 많은 수의 사람을 죽였으며 일년 전 스승이 점창파의 장문인에게 죽자 도망치듯 천외성에 온 자예요."

정정의 설명을 들은 진파랑은 고개를 끄덕였다. 정월과 청란도 있었고 소옥도 뒤에 서 있었다. 그녀들은 정정의 설명을 모두 듣고 있었으며 조방과의 비무가 있다는 것도 잘 알고 있었다.

"그를 죽이면 더 이상 원주님께 검을 겨누는 어리석은 사람들은 없을 거예요."

"악인은 지옥으로 보내야지요."

소옥이 뒤에서 조용히 말했고 청란과 월성이 쳐다보자 부끄러운지 얼굴을 붉히며 고개를 숙였다.

"한 시진 후에 강 원주의 비무가 있는데 가실 건가요?"

"그러지."

진파랑은 대답과 함께 자리에서 일어나 옷을 갈아입기 위해 안으로 들어갔다. 강십의 무공을 눈으로 봐두는 것도 나쁘지는 않을 것 같다는 생각이 들었다.

따다당!
차위의 도를 가볍게 쳐 내는 강십의 검은 날카롭고 빨랐다.

차위 역시 명성이 있는 고수였고 팔왕 대회에서 우승할 자격이 있는 자였다.

도기를 마음대로 다루는 차위는 번개처럼 강십의 얼굴을 조각내듯 십여 개의 도상을 만들어 공격했다.

강십은 여유 있는 얼굴로 뒤로 물러나 도기의 끝을 아슬아슬하게 피해 다녔다. 그의 눈은 여전히 차위를 향했고 흐트러짐이 없어 보였다. 그의 다리는 비교적 안정적으로 움직이고 있었는데 가볍게 반원을 그리는 듯 보였다.

"선무보……"

높은 단상에 마련된 자리에 앉은 진파랑은 그의 보법이 전에 자신을 공격할 때 모습과 같다는 것을 알았다.

와아아아!

강십의 여유 있는 모습에서 함성 소리가 울렸다.

차위는 성난 모습이었고 어떻게 해서라도 강십을 잡으려 했지만 강십은 절대 잡혀줄 생각이 없는 듯 보였다. 마치 술래잡기라도 하는 듯 두 사람의 신형은 비무대 위에 큰 원을 그리고 있었다.

"개자식!"

횡!

욕지기와 함께 차위가 뛰어올랐으며 강력한 도기와 함께 강십의 전신을 조각내기 위해 떨어졌다. 한순간에 오 장여를 날아드는 그의 모습에 강십은 눈을 반짝였다. 순간 은빛 섬광과 함께 십여 개의 검기 다발이 차위를 향해 솟구쳤다.

파파팟!

날아드는 검기에 놀란 차위는 피할 곳이 없다는 것을 알고 몸을 비틀어 도풍을 뿌렸다. 방금 일으킨 도기를 거두고 도풍을 만드는 일이 얼마나 어려운 일인지 그도 잘 알고 있었지만 한 수에 비명횡사(非命橫死)할 수는 없었다.

강십의 검기들이 그의 몸을 스쳤다.

"큭!"

신음과 함께 도풍으로 검기의 힘을 막은 차위는 땅에 내려섰고 어느새 삼 장여나 물러선 강십을 눈에 담았다.

"다람쥐처럼 잘도 피해 다니는구나? 사내새끼라면 당당히 내 도를 막아보거라!"

강십은 그의 말에 어이없다는 듯, 아니, 차위가 우습다는 듯 조소를 입가에 걸었다.

"막을 가치도 없어서 그런 것뿐이다."

강십의 말에 차위의 표정이 굳어졌다. 그는 분노한 듯 어깨를 떨며 내력을 키웠다. 그 모습을 바라보던 강십은 우습다는 듯 다시 말했다.

"팔왕 대회의 수준이 계속 떨어지는 것 같아? 전에 상대들은 긴장감이라도 있었지. 이제는 어중이떠중이도 다 우승을 하는군?"

강십의 도발이었고 차위는 얼굴을 붉히며 분노했다.

"으아아압!"

강한 기합과 함께 차위가 배산도해의 수법으로 갈지자를 그리며 강십을 베어갔다. 그의 도기는 일 장이나 나와 있었고 매우 빨랐다. 하지만 강십은 그 모습을 눈여겨보다 갈지자가 완성되는 찰나에 순식간에 사라지는 듯하더니 어느새 차위의 머리를 넘고 있었다.

핏!

작은 빛이 차위의 백회혈에서 솟구쳤고 강십은 여유 있게 그의 등 뒤에 떨어져 내렸다.

"위로 뛰어오를 땐 확실하게 마무리를 해야 한다."

강십은 검을 어깨에 걸치며 신형을 돌렸다.

"나처럼 말이지."

흡족한 미소가 걸린 그의 말이었고 차위의 신형이 흔들리더니 힘없이 앞으로 쓰러졌다. 그의 백회혈에선 피가 흘러나와 머리 주변을 적셨다.

와아아아!

함성 소리가 요란하게 울렸고 강십은 죽은 차위를 잠시 바라보다 단상 쪽에 앉은 진파랑을 슬쩍 쳐다보았다. 진파랑은 말없이 그의 얼굴을 쳐다보았고 강십은 이내 신형을 돌렸다.

"강십의 검법은 유마검법(幽魔劍法)이라 불리지."

진파랑은 언제부터 옆에 앉아 있었는지 모를 노자명의 목소리를 듣고 고개를 돌렸다.

"유마검법?"

"마교의 검법으로 알려져 있지."

노자명은 미소를 보였다. 그의 박식함을 자랑하려는 듯 보였고 진파랑은 조금 놀란 표정을 보였다.

"마교의 검법은 실전되어 사라진 것으로 아는데 이런 곳에 있었던 모양이오?"

"사라진 게 아니라 강호에 나타나지 않았던 것뿐이네. 세상에 사라지는 것은 죽어서 없어지는 것을 제외하면 없다고 봐야지."

"죽어 썩는 것을 제외하면 없다는 소리 같소?"

"맞네."

노자명은 짧은 수염을 쓰다듬었다.

"본래는 전 성주가 가지고 있던 보물인데 여 원주가 전 성주에게 얻어서 강십에게 전해주었지."

"여 원주도 검법을 한다는 소리 같소?"

"직접 전수한 게 아니라 비급을 준 것이네. 하긴… 여 원주도 어느 정도 익혔으니까 강십을 가르쳤겠지… 강십은 여 원주를 스승 이상으로 따르고 충성하지."

노자명의 말에 진파랑은 수긍하는 표정을 보였다.

"그 정도의 은혜를 입었다면 충성해야지요."

"어머니처럼 따른다고 해야 할까? 아무튼 강십은 여 원주에게 키워졌고 무공까지 배웠으니… 절대심복이라 할 수 있네."

진파랑은 강십과 여원하의 관계에 대해 듣게 되자 양어머니의 얼굴이 떠올랐다. 자신도 죽은 종영영의 말을 일찍이 따랐더라면 강십과 여원하의 관계처럼 잘 지내고 있을 것 같았다.

하지만 이미 종영영은 죽었고 자신은 상상도 못 해본 천외성이란 곳에 와 있었다.

"다음이 재미있을 것 같군."

노자명의 말에 진파랑은 흥미로운 눈빛을 던지다 궁금한 표정을 보였다.

"그런데 이 자리에 다른 사람들은 못 앉는 것이오?"

넓은 단상에 의자는 이십여 개가 넘었고 보기에도 많은 사람들이 앉을 수 있는 자리였는데 단 두 사람만 앉아 있는 것이 영 어색하지 않을 수 없었다.

"여긴 팔마에 든 사람들만 앉는 상석이지. 자네와 나… 이렇게 둘만 앉을 수 있어. 시비나 호위무사라면 뒤에 세워도 좋아."

노자명은 섭선을 펼치더니 부채질하기 시작했다. 하지만 그는 홀로 앉아 있었고 시비나 호위무사는 없었다. 진파랑 역시 홀로 앉아 있었으며 그 주변에는 노자명을 제외하고 아무도 없었다.

단상의 주변으로 수많은 인파들이 몰려 있었고 비무대를

중심으로도 넓게 사람들이 모여 있었다. 남쪽의 구석에는 도박이 열렸고 너도나도 돈을 가지고 누가 승자가 될지를 맞추려 했다.

"하늘 밖의 하늘이 있는 성… 그곳은 강자존으로 자유가 있지. 그게 바로 이곳, 천외성이네."

갑작스러운 노자명의 말이었고 진파랑은 다시 고개를 돌렸다. 노자명은 섭선을 흔들며 다시 말했다.

"여기만큼 편한 곳도 없다는 뜻이네."

"편한 곳입니까?"

진파랑에게 천외성은 절대 편한 곳이 아니었다. 노자명은 웃음을 흘리며 대답했다.

"자네도 잘 알지 않나? 여긴 강한 자가 살기에 아주 편안한 곳이라네. 못 하는 게 없지. 물론 무공이 약한 자가 살기에는 더없이 힘든 곳일지도 모르네. 하나 자네는 강자가 아닌가? 이곳보다 살기 좋은 곳은 없을 것이네."

노자명은 장담한다는 듯 고개를 끄덕였다. 자신이 생각해도 이곳은 매우 편하고 좋은 곳이었다.

"노 형은 이곳이 좋은 모양이오?"

"좋네."

주저 없이 대답하는 노자명이었다. 노자명은 다시 말했다.

"의(義)와 협(俠)은 스스로 만들면 그만이지. 이곳이 겉보기에는 무질서해 보이지만 실제로는 톱니바퀴처럼 굴러가는 곳이라네. 의와 협이 없어 보이지만 실제로는 존재하고 있지. 자네는 이곳을 떠나고 싶은가? 그렇다면 후회할지도 모르네."

진파랑은 대답 없이 그저 가볍게 미소만 보였다.

와아아아!

함성 소리와 함께 비무대로 두 명의 청년이 모습을 보였다. 한 명은 장대선이었고 다른 한 명은 영기위였다.

"드디어 나타났군."

노자명은 재미있을 것 같다는 표정이었다.

"누가 이길 것 같나?"

"영 형이 이길 것으로 보오."

"은화 열 냥을 걸지. 난 장대선이네."

"좋소이다."

진파랑의 대답에 노자명은 품에서 은자를 꺼내 바로 앞에 있는 탁자 위에 올려놓았다. 진파랑도 품에서 은자를 꺼내 내려놓았다.

"왜 장대선이라 생각하시오?"

노자명은 그의 물음에 짧은 수염을 쓰다듬었다.

"그건 이곳이 중원이 아니라 천외성이기 때문이네. 규칙은 간단하거든… 이긴 자가 승자……."

"흠… 그렇군."

진파랑은 노자명의 말이 어떤 뜻인지 대충 짐작이 갔다. 이긴 자가 승자라는 말은 비열한 수법을 써도 상관없다는 뜻이기도 했다. 수단과 방법을 가리지 말고 이기라는 규칙이었다. 그리고 장대선은 그 규칙에 익숙한 인물이었다.

"자네는 왜 영기위인가?"

노자명의 물음에 진파랑은 빠르게 대답했다.

"영 형의 무공을 봐왔기 때문이오."

"흥미롭군."

노자명은 진파랑의 대답에 눈을 반짝였다. 그 순간 영기위와 장대선의 신형이 빠르게 사라졌다.

파파팟!

권과 장이 난무하고 환영처럼 두 사람의 신형이 이십여 개로 늘어나 비무대를 가득 채우기 시작했다.

자신의 거처로 돌아온 강십은 뜨거운 욕조에 몸을 담그고 피로를 풀고 있었다. 그의 주변으로 반라의 시비들이 서 있었지만 강십은 그녀들에게 관심이 없는 듯했다. 강십이 손짓을 하자 시비들이 밖으로 나갔다.

"휴……."

강십은 깊은 숨을 내쉬며 죽어 있던 차위의 모습을 떠올렸다.

"이제야 기억을 하다니……."

강십은 차위의 얼굴이 어쩐지 낯이 익다는 생각이 들었다.

오 년 전 강십의 수하 중에 차중이란 자가 있었다. 그자는 강십의 심복이었고 운남에서 인신매매를 하던 사파의 무리들과 싸울 때 목숨을 잃었다.

죽은 이유는 방심이었고 그 잠깐 사이에 차중은 상대의 검에 목숨을 잃은 것이다. 자신의 수하가 죽었기 때문에 매우 울적했던 날이었다.

"나 때문에 죽었다고 생각한 것인가?"

강십은 죽은 차위를 떠올렸다. 그는 형의 원한을 갚고자 한다 했고 강십은 하도 많은 사람들을 죽였기 때문에 당연히 원한과 관련된 사람들이 있다고 생각했다.

그렇기 때문에 원한이 있다는 말에도 크게 관심을 가지지 않았다. 원한을 가지고 찾아오는 사람이 간간이 있었으며 그들 모두를 죽이는 것도 하나의 일처럼 여기고 있었다. 일상생활처럼 느껴질 정도로 자주 있는 일이었다.

"바보같이… 쯧!"

강십은 혀를 차며 고개를 저었다. 차중의 동생이란 말만 했어도 죽이지는 않았을 것이다.

도전자를 죽이는 일은 당연한 일이었다. 그것은 욕심을 부리지 말라는 경고이기도 했다. 팔마의 자리를 탐해 좋을 것은 없다는 것을 모든 사람에게 보여주는 행사와도 같았다.

또한 팔마의 무위가 대단하니 걱정하지 말라는 안도감도 전해줄 수 있는 대회였다. 여러 가지 이득이 많이 있기 때문에 천외성에서는 이 대회를 굉장히 중요하게 여기고 있었다.

이 년에 한 번씩 있는 대회였고 그때마다 강십은 매번 이렇게 검을 들고 자신의 자리를 탐내는 자에게 죽음을 선물하고 있었다.

똑! 똑!

문을 두드리는 소리와 함께 검을 든 무사 한 명이 모습을 보였다.

"월왕께서 찾으십니다."

"알았다. 금방 가지."

강십은 여원하가 찾고 있다는 말에 몸을 일으켰다.

서재에 앉아 책을 보던 여원하는 강십이 들어오자 자리를 권했다. 강십은 무심한 눈빛을 던지며 의자에 앉았다.

"부르셨습니까?"

"오늘은 수고가 많았다. 좀 전에 네 승리를 들었지."

"감사합니다."

강십은 미소와 함께 대답했다. 그녀의 칭찬에 강십은 기분 좋은 얼굴로 차를 마셨다.

"이번 대회에 쓸 만한 인재들이 있다고 하니 알아보고 몇명 뽑아두거라."

"쓸 만한 무인들은 제 밑에도 많이 있습니다."

"이제는 내 말에 토를 다는구나?"

"죄송합니다."

강십은 재빨리 사과하며 고개를 숙였다. 그는 곧 다시 말했다.

"저는 단지 제 수하들이 유능하다는 것을 말하고 싶었습니다."

"과신하지 말거라."

"예."

"조만간 감숙성에 좀 다녀와야 할 것 같다. 큰 싸움이 있을 것이다. 감숙의 구룡방에서 도움을 청했다고 한다."

강십은 구룡방을 떠올리며 입을 열었다.

"구룡방이라면 감숙의 패자인데 그들이 우리에게 도움을 청하다니요? 그들과의 관계가 오래되었지만 이유를 모르겠군요. 구룡방에 대적할 곳이 있습니까?"

"종남을 등에 업은 쌍룡문이 문제라고 하더구나."

"섬서의 쌍룡문이 감숙까지 온 모양이군요?"

여원하는 대답 없이 고개를 끄덕였다. 강십은 구룡방과의 돈독한 관계를 잘 알기에 눈을 반짝였다.

"요즘 수하들이 무료하게 시간을 보내고 있었는데 좋아하겠습니다."

"희생은 최소한으로 해라."

"물론입니다."

강십은 언제나처럼 대답했다.

"쌍룡문은 만만한 곳이 아니니 주의하고."

"예, 그런데 언제 떠납니까?"

"며칠 뒤 지 총관이 연락할 거다. 오 일 안에는 갈 것이니 미리 준비하고 있다가 떠나면 된다."

"알겠습니다."

강십은 대답 후 자신감에 가득 찬 눈빛을 던지며 차를 마셨다. 여원하가 다시 말했다.

"성주님의 무공을 한 수 배웠다고 해서 자만하지는 말거라."

"걱정 마십시오, 절대 자만하는 일은 없을 겁니다. 저도 이제 다 커서 강호의 잔뼈가 굵은 나이가 되었습니다."

"후후……."

여원하는 가볍게 미소를 보였다. 어린 강십을 지금의 강십으로 만들어준 인물이 바로 자신이었다.

"마월설의 마음을 잘 구슬려서 네 처로 만들어보거라. 그럼 성주님께서 더욱 많은 무공을 전수해 주실 거다."

"다른 건 다 해도 그건 좀 어려울 것 같습니다."

"이유는?"

"별로 마음에 안 듭니다."

강십은 대놓고 말했다. 여원하는 그 모습이 재미있는지 크게 웃었다.

"호호호호!"

그녀는 소매로 입을 가렸고 한참을 웃었다. 곧 웃음을 그친 그녀가 붉어진 얼굴의 강십을 향해 말했다.

"잘해서 성주님의 무공을 전수받아야지? 더 크고 싶다면 그녀와 혼인하는 길이 가장 빠른 길이다."

강십은 그저 길게 한숨을 내쉬었다. 여원하는 여전히 재미있다는 듯 붉어진 얼굴의 강십을 쳐다보고 있었다.

파팟!

권과 장이 교차했고 영기위와 장대선의 신형이 십여 개의 환영과 함께 좌측으로 움직였다. 권이 얼굴을 노렸고 장이 가슴을 노렸다. 하지만 둘 다 허공을 쳤을 뿐이며 삼 장이나 물러났다. 서로의 거리를 확인한 영기위와 장대선은 굳은 표정으로 서 있었다.

영기위의 손은 손등까지 쇠로 된 징 장갑을 끼고 있었다. 장대선은 붉게 변한 손바닥을 들어 보았다. 영기위의 주먹과 십여 번이나 마주친 손바닥으로 찌릿한 고통이 간간이 흘러 들어왔다.

"명성다운 실력이다."

장대선의 말에 영기위는 어이가 없다는 듯 웃었다.

"하하하! 명성다운 실력? 네가 그런 걸 운운할 자격이 있나? 내가 명성을 날릴 때 네놈은 그냥 무명소졸에 불과했을 텐데? 어쩌다 운이 좋아 팔마의 자리를 차지한 것일 뿐, 마치 대단한 고수라도 된 것처럼 말하는구나?"

"강호십이풍은 개나 소나 다 되는 게 아니었던가?"

장대선의 비웃음에 영기위는 다시 대답했다.

"개나 소나 되는 것이라면 네놈이 이렇게 고전할까? 실력도 없으면서 운이 좋아 팔마에 들어간 네놈이 할 말은 아닌 것 같군."

영기위 역시 장대선에게 지지 않으려고 도발을 하고 있었다. 하지만 장대선은 그러한 도발에 쉽게 걸려들 사람이 아니었고 영기위 역시 상대의 도발에 걸려들지 않았다.

두 사람의 호흡이 어느 정도 안정을 찾자 먼저 움직인 것은 장대선이었다.

"아가씨의 치마폭에 숨어서 사는 놈이 입은 살아 있구나."

쉬악!

장대선의 좌장이 빠르게 날아들었고 영기위의 우권이 앞으로 치고 나갔다.

팍!

바람과 바람이 부딪쳤고 장대선은 그 사이로 영기위에게 접근했다. 영기위 역시 접근하는 장대선을 향해 빠르게 다가갔다.

영기위의 좌권이 장대선의 옆구리를 향했고 장대선의 우장이 영기위의 가슴을 향했다. 영기위는 우수로 장대선의 우장을 잡아챘으며 장대선은 좌장으로 영기위의 복부를 때렸다.

두 사람의 손이 빠르게 교차했고 장대선의 좌장이 어느새 영기위의 왼 어깨를 때렸다. 영기위 역시 장대선의 빈틈을 놓치지 않고 옆구리에 일권을 박았다.

"큭!"

"흠……."

장대선의 추면장을 어깨에 맞은 영기위는 굳은 표정으로 물러섰다. 장대선 역시 옆구리를 잡고 물러난 상태였다.

둘 다 비슷한 실력으로 보였다.

"짜증 나는 새끼."

장대선은 실력의 차이가 많이 없다는 것을 이미 알고 있었다. 그건 영기위도 마찬가지일 것이다.

'소문만큼 대단하군.'

영기위는 장대선의 무공에 대해 인정하고 있었다. 명성은 그냥 얻는 게 아니었고 팔마의 자리는 운으로 차지할 자리가 아니었다. 운으로 그 자리를 차지했다면 벌써 죽었을 것이다. 그 역시도 고강한 무공의 소유자였고 그 무공이 그를 지금의 자리에 앉게 한 것이다.

"개자식."

영기위는 어깨의 고통을 참으며 낮게 말했다. 어깨를 통해 들어오는 추면장의 따끔한 기운에 절로 인상을 찌푸렸다. 제대로 맞았다면 분명 내장이 파괴될지도 모를 일이었다.

파팟!

바람처럼 먼저 움직인 것은 영기위였다. 그의 신형이 순식간에 장대선에게 좁혀가며 다섯 개의 환영과 검은 용의 형상이 파도처럼 장대선을 향했다.

"흑룡권!"

장대선은 놀란 표정으로 외치며 재빨리 내력을 일으켜 영기위의 주먹을 막아갔다.

쉬아악!

녹색의 추면장이 흑룡권과 마주쳤다.

쾅!

폭음과 함께 두 사람의 그림자가 또다시 얽혀 들어갔고 빠르게 서로를 감싸고 돌았다.

파파팟!

검은 용의 기운이 사방으로 뻗어 나갔고 장대선의 녹색 추면장이 그 사이로 움직였다.

빡!

"큭!"

십여 개의 추면장 사이로 흑룡권의 검은 용이 송곳처럼 들어가 장대선의 복부를 때렸다. 그사이 장대선의 추면장은 영기위의 가슴을 강타했다.

쾅!

"헉!"

장대선은 피를 토하며 물러섰고 영기위 역시 기침과 함께 비틀거렸다. 삼 장여나 물러선 영기위는 장대선의 얼굴이 일 그러져 있자 절로 입가에 미소를 걸었다.

"이번에는 내가 먼저 때렸군."

영기위의 말에 장대선은 소매로 입술을 훔치며 살기를 강하게 일으켰다.

"죽는 새끼가 지는 거지."

장대선은 매우 화난 표정으로 앞으로 화살처럼 튕겨 나가더니 연속해서 네 번의 장풍을 뿌렸다. 네 개의 손 그림자가 환영처럼 거대한 녹색을 띠며 날아갔다.

영기위는 강한 기운을 내포한 추면장의 모습에 굳은 표정을 보이더니 번개처럼 앞으로 튀어 나갔다. 그의 주변으로 회오리치는 흑룡의 기운이 순식간에 추면장 사이로 미끄러져 갔다.

파파팟!

그의 몸을 스치는 추면장의 내력에 영기위의 머리카락이 헝클어졌고 오른쪽 귀가 터지며 피가 튀었다. 하지만 영기위는 상처에도 아랑곳없이 장대선의 면전으로 삼권을 찔렀다.

권영이 나타나 매우 빠른 속도로 그 숫자가 늘어나기 시작했다. 장대선의 표정이 굳어졌고 그의 손이 빠르게 권영을 막아갔다. 하지만 흑룡권의 강맹함은 그의 오른손을 부러뜨리며 가슴을 가격했다.

쾅!

폭음과 함께 장대선의 호신강기가 산산이 흩어지더니 그대로 뒤로 밀려 나갔다. 장대선은 피를 뿌리면서도 우장으로 영기위의 가슴을 가격했다.

퍽!

"큭!"

영기위는 신음과 함께 비틀거렸고 가슴이 깨질 것 같은 고통에 허리를 숙였다. 순간 밀려 나가던 장대선의 소매에서 십여 개의 비침이 섬전처럼 허공을 날았다.

"탈명침!"

놀란 목소리는 진파랑이었고 영기위의 가슴으로 비침들이 박혔다.

퍼퍼퍽!

"헉!"

놀란 영기위가 비틀거리며 물러섰다. 그의 가슴에는 십여 개의 비침이 박혀 있는 상태였고 장대선은 피를 토하며 일어났다. 그는 내장이 파열되는 고통 속에서도 미소를 잃지 않았다. 그건 자신의 탈명침이 영기위의 가슴에 박힌 것을 똑똑히 봤기 때문이다.

"하하하!"

장대선은 크게 웃으며 고개를 들었는데 순간 그의 눈앞에 검은 흑룡의 모습이 박혀들었다.

"헉!"

장대선은 놀라 헛바람을 일으켰고 그 짧은 찰나의 순간, 주먹은 그의 안면에 박혀들었다.

빡!

"크악!"

비명과 함께 비무대를 구른 장대선은 어이없다는 표정으로 서 있는 영기위를 쳐다보았다. 영기위는 살기를 보이며 장대선을 향해 다가갔다.

"네놈이 탈명침을 종종 사용한다고 들었지."

영기위는 눈웃음을 흘리며 웃옷을 벗었다. 그러자 등갑으로 이루어진 갑옷이 나타났고 그 사이에 박혀 있는 비침들이 장대선의 눈에 들어왔다.

"전에도 같은 수법으로 상대를 죽였다고 하더군. 그래서 혹시 몰라 이 갑옷을 입었지."

영기위의 말에 장대선은 어금니를 깨물며 일어섰다.

"조금 불편하긴 하지만 그래도 쓸 만했어."

갑옷을 벗어 던진 영기위는 탄탄한 상체를 보이며 장대선의 눈앞에 나타났다.

"방심한 거 아닌가? 아니면 탈명침을 너무 믿었거나?"

장대선의 눈이 커지는 순간 그의 턱밑에서 영기위의 손 그림자가 위로 쳐 왔다.

퍽!

"컥!"

장대선의 신형이 위로 쭉 뻗어 올라가는 듯했으나 영기위의 좌권이 그의 복부를 때렸고 허리가 꺾인 장대선의 안면으로 팔꿈치가 날아들었다.

빡!

강렬한 타격음과 함께 장대선의 신형이 좌측으로 날아갔다. 장대선은 쓰러진 채 숨만 헐떡이고 있었다.

"이럴 수가……."

장대선은 탈명침이 막혔다는 것에 충격을 받은 모습이었다. 영기위가 손을 들었다.

와아아아!

함성 소리가 메아리쳤고 승자는 영기위가 되는 분위기였다.

힘겹게 고개를 든 장대선은 영기위를 향해 우장을 뻗었다. 순간 소매에서 비침 하나가 빠르게 영기위를 향해 날아들었다.

"조심해요!"

외침 소리에 고개를 돌린 영기위의 눈에 비침이 보였고 번개처럼 신형을 틀었다.

핏!

그의 가슴을 스친 비침은 구경꾼 중 한 명의 몸에 박혔다.

"으아악!"

군중 속에서 비명이 터졌고 영기위의 신형이 어느새 쓰러진 장대선의 가슴을 무릎으로 찍고 있었다.

퍽!

타육음이 울렸고 장대선은 자신의 가슴을 누르고 있는 영기위를 향해 살기를 흘렸다.

"네놈도… 방심했군……. 의원에게 빨리 가보는 게 좋을 거다."

순간 영기위의 눈빛이 흔들렸고 가슴 부위가 독에 중독되어 보라색으로 변해가는 것을 보았다. 영기위의 좌수가 그의 목을 눌렀다.

뚜둑!

순식간에 장대선의 목뼈를 부러뜨린 영기위는 비틀거리며 일어서다 굳은 표정으로 어깨를 떨었다.

"영 위사! 어서 의원에게 옮겨. 독이야!"

마월설이 소리쳤고 그의 수하들이 영기위를 데리고 빠르게 군중 속을 빠져나갔다. 다행히 가까운 곳에 의원이 있기 때문에 응급처치는 할 것이다. 하지만 최대한 빨리 해독약을 구하지 못하면 영기위의 목숨은 위태로울 것이다.

진파랑은 재빨리 비무대에 올라가 죽어 있는 장대선의 품을 뒤지기 시작했다. 마월설이 그 모습을 보고 비무대에 올라왔고 진파랑은 두 개의 호리병이 발견되자 그것을 그녀에게 건넸다.

"독에 대해 잘 모르는 사람들은 해독약을 가지고 다닌다고 들었소, 이 두 개중 하나가 해독약일지 모르니 한번 알아보시오."

"고마워요."

마월설은 고개를 끄덕인 뒤 재빨리 사람들 틈으로 사라졌다.

장대선의 시신은 순찰당의 무사들이 빠르게 치웠다. 시신을 치우자 자연스럽게 사람들 틈에서 조방이 천천히 걸어 나왔다.

"조방이다!"

사람들이 외쳤고 조방은 사람들의 반응을 즐기는 듯 미소와 함께 진파랑의 오 장 앞에 멈춰 섰다. 조방은 눈앞에 서 있는 진파랑을 향해 살기를 흘렸다. 하지만 진파랑의 눈빛은 무심했고 마치 딴생각에 빠져 있는 사람처럼 보였다. 마치 자신을 무시하는 것 같은 기분이 들었다.

진파랑은 영기위의 흑룡권을 떠올리고 있었다. 또한 장대선의 탈명침에 대한 것도 상기했다. 비겁한 행위였지만 이곳에 있는 누구도 비겁하다는 말이 없었다. 야유도 없었고 장대선의 행동에 이렇다 할 부정적인 시선도 없어 보였다.

사람들은 단지 그가 죽었다는 것만 기억할 것이다.

"조방이오. 인사는 생략합시다."

"그러시오."

진파랑은 살기등등한 조방의 모습을 눈에 담으며 고개를 끄덕였다. 조방은 어느새 손에 유엽도를 들고 있었으며 언제라도 출수할 준비를 한 상태였다.

쉭!

조방의 신형이 바람처럼 오 장을 뛰어넘어 세 번의 도기를 뿌렸다. 하늘에서 떨어지는 거대한 도기는 진파랑을 세 조각으로 만들려는 듯 양어깨와 정수리를 노렸다. 일정한 간격이었고 강맹한 기운이 담겨 있었다.

따다당!

금속음과 함께 앞으로 다가가던 조방은 도를 하늘 위로 올려 든 채 그 자리에서 멈춰 서야 했다. 그건 자신의 의지가 아니라 반탄력에 몸이 굳은 것이다.

"⋯⋯!"

조방의 눈이 부릅떠졌다.

"오⋯⋯."

단상 위의 노자명은 절로 탄성을 뱉었다. 진파랑의 움직임이 거의 없었기 때문이다. 그의 눈에도 진파랑은 단순하게 팔만 슬쩍 이동한 것처럼 보였다. 하지만 대다수의 사람들은 진파랑이 그 자리에 그대로 서 있었다고 생각할 것이다.

극쾌의 도법이었다.

조방은 놀란 눈으로 진파랑을 쳐다보고 있었다. 분명 자신의 눈에 보인 진파랑은 요지부동이었다. 그런데 도를 쳐 냈고 자신의 힘을 막은 것이다. 하늘로 솟구친 도는 여전히 그대로였고 진파랑과는 일 장의 거리를 유지하고 있었다.

"사술(邪術)?"

조방은 어이없다는 듯 중얼거렸고 진파랑은 여전히 무심한 표정으로 조방을 쳐다보고 있었다. 조방은 입술을 깨물었다.

"핫!"

그는 기합성과 함께 십여 개의 환영을 만들며 진파랑의 전신으로 이십여 개의 도 그림자를 뿌렸다. 하지만 진파랑은 여전히 그대로였다.

따다다다당!

"컥!"

요란한 금속음이 울렸고 조방은 앞으로 나가려다 반탄력을 이기지 못하고 다시 멈춰 서야 했다. 그의 도는 여전히 하늘로 솟구친 상태였고 두 손으로 손잡이를 잡고 있었다. 한 손이었다면 도를 놓쳤을 것이다. 무엇보다 놀라운 것은 진파랑의 움직임이 없었다는 점이었다.

주륵!

조방의 이마에서 식은땀이 흘러내렸다.

"이게… 도대체……."

조방은 너무 어이없어 멍한 표정으로 진파랑을 응시했다.

"오시오."

진파랑은 낮은 목소리로 말했고 조방은 어금니를 깨물며 다시 한 번 앞으로 나섰다. 그의 도가 땅으로 떨어지려는 찰나 금속음이 일어났다.

땅!

"헉!"

강력한 반탄력에 조방은 절로 두 걸음이나 뒤로 물러섰고, 여전히 도를 하늘로 든 채 같은 자세를 유지했다. 양손이 떨렸고 어깨가 저려오는 충격을 느꼈다. 그리고 이번에 진파랑의 오른손 손가락이 미미하게 움직였다는 것을 알았다.

진파랑은 눈으로도 쫓지 못할 빠른 발도술로 조방의 도를 쳐 낸 후였다. 진파랑의 왼손은 여전히 도를 쥐고 있었으며 그의 도는 도집에서 빠져나오지도 않은 상태였다. 오른손은 여전히 늘어뜨린 상태였고 그는 그 자리에 마치 석상이라도 된 듯 미동도 없이 서 있었다.

압도적인 실력의 차이를 느낄 수 있었다.

"이럴 수가……"

조방의 전신으로 식은땀이 번졌고 얼굴은 땀에 젖은 상태였다. 심장이 터질 듯 움직였고 문득 진파랑의 모습이 마치 거대한 산처럼 느껴졌다.

'차원이 다른 고수란 말인가?'

조방은 지금까지 살아오면서 처음으로 압도되는 기분을

느껴야 했다. 이런 상황은 처음이었고 그 어떤 상대를 만나도 두려움에 떤 적은 없었다. 하지만 지금은 두려움이 무엇인지 알 것 같았다. 진파랑의 손이 움직이면 금방이라도 자신의 목이 날아갈 것 같은 기분이 들었다.

"오시오."

진파랑은 말을 들은 조방은 자신도 모르게 전신을 떨었다.

꿀꺽!

第四章
춤추는 바람

진가도

침상에 누워 있는 영기위는 땀에 젖어 있었다. 그 옆에는 마월설과 의원이 서 있었는데 마월설은 걱정스러운 표정을 보이고 있었다.

　의원이 영기위와 마월설을 향해 말했다.

　"다행히도 해약을 금방 먹었으니 며칠 누워 있으면 자연스럽게 회복될 것이오."

　"다행이네요."

　마월설이 안심한 듯 대답하자 의원은 곧 밖으로 나갔다. 그가 나가자 영기위가 굳은 표정으로 말했다.

　"그 개자식… 아가씨의 말처럼 탈명침에 대해 대비를 못했다면 내가 시체가 되었을 것이오."

"탈명침을 자주 써왔기 때문에 이번에도 사용할 것이라 생각했는데 그 예상이 맞았어."

"비겁한 새끼… 그런 놈이 잘도 지금까지 살아 있었군."

"오늘 죽었잖아."

마월설의 말에 영기위는 인상을 찌푸리며 고개를 끄덕였다.

"크음… 이제 내가 장대선의 자리를 차지한 것인가?"

"맞아."

마월설은 아쉬운 표정으로 대답했다. 그는 이제 팔마의 한 명으로 팔왕봉 중 가장 마지막 봉우리에 오를 것이다.

"피곤하군."

영기위는 짧게 말한 뒤 곧 깊은 잠에 빠졌다.

마월설은 영기위가 잠든 것을 확인하자 뒤에 서 있는 한옥산에게 말했다.

"혹시라도 장대선의 복수를 위해 침입하는 어리석은 놈이 있을지 모르니 경비의 수를 두 배로 늘려."

"예."

한옥산은 대답 후 재빨리 밖으로 나갔다. 그녀가 나가자 경비무사들의 발소리가 들렸고 상당수의 인원이 움직이기 시작했다.

땅!

금속음과 함께 조방은 더 이상 전진하지 못하고 같은 자세로 서 있었다. 그는 어이없다는 듯 진파랑을 응시하다 이내 머리 위의 도를 내렸다. 그의 턱을 타고 땀이 흘러내렸고 사방은 정적감에 휩싸였다.

조방은 마른 침을 삼킨 뒤 힘겹게 입을 열었다.

"내가… 졌다."

조방은 지금까지 단 한 번도 패배를 시인한 적이 없었으며 어떻게 해서라도 상대를 죽여왔었다. 그의 별호가 혈귀인 것도 그런 과거 때문이다. 그런데 조방 스스로가 패배를 인정한 것이다.

무겁게 입을 열어야 했고 가슴속에서 끓어오르는 뜨거운 기운을 참아야 했다. 자신이 할 수 있는 일이 아무것도 없다는 절망감도 들었다.

눈앞에 서 있는 진파랑은 자신과 전혀 다른 세계에 살고 있는 사람이란 것을 알게 되었다. 그 사실을 알기까지 잠깐의 시간이 흘렀지만 조방에겐 매우 긴 시간이었다.

진파랑은 조방이 패배를 시인하자 가볍게 미소를 보였다.

"와아아아!"

함성이 울렸고 조방은 힘없이 신형을 돌렸다. 피가 튀는 혈전도 없었고 악에 받친 외침도 없었다. 하지만 구경하던 사람들의 머리에 진파랑이란 사람이 매우 강한 인상으로 각인되었다.

"놀랍군……."

노자명은 저도 모르게 중얼거렸다. 그는 구경하는 입장이었고 조방의 무공이 상당하다는 것도 잘 알고 있었다.

점창파에서도 제대로 죽이지 못한 인물이 조방이었다. 운남에서 다섯 손가락에 들어갈 고수였고 천외성에서도 고수에 들어가는 인물이었다. 그런 조방이 힘 한번 못 써보고 패배를 인정한 것이다.

싸워서 지는 것보다 스스로 패배를 인정하는 일이 더 어렵고 힘든 일이었다. 그것을 누구보다 잘 아는 노자명이기에 진파랑을 대단하게 평가했다.

"저 정도였단 말인가?"

노자명은 범접하기 힘든 고수의 기도를 내뿜는 진파랑을 보고 눈을 반짝이기 시작했다. 노자명은 진파랑에게서 절대고수의 기도를 느꼈다.

무공을 제대로 익힌 사람이라면 지금 조방과 진파랑이 보여준 비무가 얼마나 무섭고 두려운 일인지 잘 알 것이다.

진파랑의 무공이 어느 정도인지 추측조차 할 수 없는 무위였고 조방은 한동안 진파랑의 그림자에서 벗어나기 힘들 것으로 보였다.

비무대를 벗어나 자신의 거처로 이동하는 진파랑의 곁으로 정정과 정월이 다가왔다.

"극쾌의 도법… 너무 빨라 마치 심도(心刀)로 착각할 정도 였어요."

마음 가는 대로 도를 자유롭게 움직일 수 있는 경지를 말하는 정정이었다. 이기어검을 넘어서는 경지였고 무공의 끝을 말하고 있었다. 하지만 분명 심도가 아닌 극쾌의 발도였고 진파랑은 도를 뽑은 뒤 조방의 공격을 막고 다시 도집에 도를 넣었다. 그 빠르기가 너무 빨라 사람들이 못 볼 뿐이었다.

"이 정도는 보여줘야 더 이상 내게 혹심을 품고 공격하는 사람들이 없을 것 아니냐."

쓸데없이 목숨을 버려가며 덤비지 말라는 일종의 경고였다.

"영 형은 어때?"

"지금 휴식을 취하고 있어요. 다행히 아까 전해준 약병에 해약이 있어서 위기는 넘겼다고 하네요."

정정의 대답에 진파랑은 다행이라는 표정을 보였다. 소옥과 청란도 어느새 그의 뒤에서 종종걸음으로 따라왔고 장선백도 옆에 나타났다.

"대단하시오."

"과찬이오."

장선백은 소름이 돋는 것을 참으며 진파랑과 조방의 비무를 구경했다. 지금도 등줄기에 식은땀이 흐르는 기분이었다. 그만큼 진파랑이 보여준 한 수는 대단한 것이었다. 자신이 만약 그 자리에 서 있었다면 다리에 힘이 풀릴지도 모른다고 생각했다.

지금까지 자신이 익힌 모든 무공이 무용지물이란 것을 알았을 때 드는 절망감은 엄청난 고통이 될 것이다. 지금 조방은 그런 감정을 느끼고 있을 것이다.

"진 원주를 만난 것이 내게는 행운인 것 같소."

"이유가 무엇이오?"

진파랑은 궁금한 듯 물었고 장선백은 진지한 눈빛으로 답했다.

"오늘 진정으로 탄복했기 때문이오. 또한 많이 배운 것 같소이다."

"과찬이 심하시오."

"절대 과찬이 아니오. 진 형에게 무공을 배우고 싶소이다."

장선백의 말에 진파랑은 놀란 듯 고개를 저었다.

"농담이라도 그런 말은 하지 마시오. 장 대주에게 무공을 가르치다니 그게 말이 되는 소리요? 농이라 생각하겠소."

"농이 아니라 진심으로 하는 소리요. 기회가 되면 한 수 가르쳐 주시오. 많이 배울 것 같소이다."

진파랑은 장선백의 말에 그저 미소만 보였다.

진파랑의 무위는 이미 강호에 파다하게 퍼져 나가 있는 상태였다. 거기다 조방과의 비무가 더욱 큰 화제가 되어 사람들의 입에 오르고 있었다.

또한 천문성과 진파랑의 관계에 대한 소문도 과거와 달리 다르게 퍼지고 있었다. 천문성이 진파랑을 부주의로 못 잡은 게 아니라 진파랑의 무공이 너무 고강해 잡지 못한 것으로 변해 있었다. 진파랑의 명성은 하루가 다르게 커가고 있었다.

작은 방 안에 중년인이 앉아 있었고 그의 앞에는 건장한 체격에 회의를 입은 장년인이 서 있었다.

"진파랑은 조방을 쉽게 이겼습니다. 자세히 못 봤으나 극쾌의 도법을 사용한 것으로 보입니다."

지탁은 수하의 보고에 굳은 표정을 보였다.

"모두들 놀란 모양이군?"

"그렇습니다."

장년인의 대답에 지탁은 손짓을 했다. 곧 장년인이 나가자 지탁은 고민스러운 표정으로 턱수염을 쓰다듬었다.

"호랑이는 호랑이였어."

지탁은 진파랑의 무공이 심상치 않다는 것을 알았지만 천하의 조방이 손 한번 못 써보고 패배를 시인했다는 것에 적지 않게 놀라고 있었다.

"천외성에 남으면 좋은 거고 떠나면 아쉬운 것인가?"

지탁은 문득 진파랑의 가치가 커진 것을 느꼈다.

"총관님."

"무슨 일이냐?"

문밖에서 들리는 목소리에 지탁은 고개를 들었다.

"손님이 오셨어요."

"모셔라."

지탁의 말이 떨어지자 얼마 뒤 젊은 청년이 모습을 보였다. 백의 무복을 입은 그는 호리호리한 체형에 미남형의 청년이었다.

"만나 뵙게 되어 영광이오. 천문성 인사각의 구형이라 하오."

"인사각의 구형이라… 천문성의 부각주가 이 외진 천외성까지 직접 오다니 놀랍소이다."

"이미 기별을 하지 않았소이까?"

"설마 진짜 올 줄은 몰랐소이다."

지탁의 대답에 구형은 미소를 보였다. 만만한 상대가 아니라는 것을 본능적으로 느끼는 구형이었다.

"앉으시오."

지탁의 말에 구형은 맞은편에 앉았다.

"인사각의 부각주가 직접 오다니 급했던 모양이오?"

"급한 불이긴 하지만 쉽게 꺼질 불이 아니지 않소?"

진파랑에 대한 이야기를 꺼내는 두 사람이었다.

"진 원주의 목을 원하는 것이오?"

직접적으로 묻는 지탁이었다. 본론을 꺼내는 지탁의 물음에 구형은 망설이지 않고 고개를 끄덕였다.

"그렇소이다."

"흠······."

지탁은 잠시 고민스러운 표정을 보였다.

"내부에서 처리를 해주면 훨씬 수월하게 그자를 처리할 수 있지 않소이까? 물론 그에 합당한 대가는 줄 것이오."

탁!

구형은 탁자 위로 금색 비단으로 감싼 함을 올려놓았다.

지탁은 흥미로운 표정을 보였다.

"무엇이오?"

"풀어보시오."

지탁은 망설임 없이 천을 풀어 함을 열자 다섯 권의 무공비급이 그의 눈에 들어왔다. 지탁은 굳은 표정으로 비급을 살펴보았다.

"신무팔도··· 유하신공, 구천금공······."

지탁은 모두 상승의 무공비급이란 것에 놀라고 있었다.

"이것 외에도 금 십만 냥을 드릴 것이오."

"진 원주의 목숨값이 꽤 높아진 모양이오?"

"그렇소이다. 그의 무공이 대단하다는 것을 본 성도 잘 알고 있소이다."

구형의 대답에 지탁은 해답을 찾은 듯 미소와 함께 말했다.

"이곳까지 오느라 고생이 많았소이다. 하나 그 부탁은 들어줄 수 없소이다."

"이유가 무엇이오?"

구형은 굳은 표정으로 물었고 지탁은 수염을 쓰다듬으며 여유 있게 답했다.

"진 원주는 앞으로 본 성을 이끌어갈 인재가 될지도 모르오. 거기다 성주님께선 그를 보호하라 하셨소이다."

"본 성과 척을 지겠다는 뜻이오?"

"애초에 천문성과 본 성이 만날 일이 있소이까?"

구형은 지탁의 말에 쉽게 수긍한 듯 고개를 끄덕였다. 지탁은 진 원주에게 살수를 쓰는 것보다 좋은 인연을 만들어두는 것이 더 큰 이득이라 생각했다.

"세상일은 모르는 법이오, 어제의 적이 오늘의 친구가 될 수도 있는 법이라오."

"좋은 뜻으로 듣겠소."

구형은 곧 자리에서 일어섰다.

"타지에 오래 있는 것도 힘든 일이니 이만 돌아가겠소."

"멀리서 오셨는데 배웅하지 못해 미안하오."

"심려치 마시오."

구형은 손을 저은 뒤 빠르게 밖으로 나갔다. 그가 나가는 모습을 유심히 보던 지탁은 구형의 신형이 완전히 사라진 것을 확인한 후 입을 열었다.

"세영아."

"예."

조용히 그의 옆으로 한 명의 무사가 모습을 보였다.

"구형이 섬서로 넘어갈 때까지 따라붙어 감시해라. 보고는 나중에 하고."

"예."

스륵!

바람 소리와 함께 흐릿하게 무사가 사라지자 지탁은 굳은 표정으로 짧은 숨을 내쉬었다.

"너무 쉽군."

지탁은 천문성이 쉽게 진파랑을 포기한다고 생각했다. 이곳에 있다 하더라도 진파랑에게 복수할 수 있는 방법은 얼마든지 존재하고 있었다. 하지만 천문성의 구형은 끈질김도 없이 포기했고 오늘 중으로 성을 빠져나갈 것 같았다. 그의 목적은 진파랑이 아니라 다른 것에 있다는 생각이 문득 들었다.

"신경 쓸 필요 없겠지."

지탁은 복잡한 생각은 접어두고 해야 할 일을 하기 시작했다.

호위 세 명과 함께 말을 타고 천천히 천외성을 빠져나가는 구형은 주변 경관을 감상하듯 둘러보고 있었다. 높은 산과 대로를 사이에 두고 흐르는 강물은 투명할 정도로 맑은 색을 띠고 있었다.

세 명의 호위 중 한 명이 말머리를 구형과 함께하고 나란히 섰다.

　다각! 다각!

　말발굽 소리가 천천히 일정하게 흘러가고 있었다.

　"이대로 그냥 가는 겁니까?"

　"그냥 가야지. 방법이 없지 않나?"

　구형의 낮은 목소리가 흘렀고 말 머리를 함께한 청년이 인상을 굳혔다. 구형의 목소리가 다시 들렸다.

　"이미 예상했던 일이니 실망할 필요도 없지."

　청년이 입을 열었다.

　"진파랑을 이대로 두고 떠나야 하다니……."

　"내가 여기에 온 목적 중 하나는 지탁에 대해 알아보는 것이었네. 지탁의 인물 됨됨이를 직접 보고 판단하라 하셨지. 앞으로 종종 보게 될지도 모르거든."

　구형의 말에 청년은 지탁을 떠올렸다.

　"뛰어난 자입니다."

　겉보기에는 무분별해 보이는 천외성을 지금까지 잘 관리해 온 인물이 지탁이었다. 그만큼 능력이 있다는 증거였다.

　"자네와 자네 수하들을 데리고 복귀하는 것도 내 일 중에 하나였지."

　"예."

　청년은 짧게 대답했다. 구형이 천외성에 온 이유 중 가장 큰 것은 지탁에 대한 조사였다. 천외성을 공략하려면 지탁을 가장 먼저 알아야 했기 때문이다.

"진파랑의 얼굴을 못 본 게 너무 아쉽군. 얼굴이라도 보고 갈 걸 그랬나?"

"그를 보게 되면 목이 달아날지도 모릅니다."

"하하하! 등골이 서늘하지만 재미있는 농이로구나."

구형은 청년의 농에 호쾌하게 웃었다. 그는 웃음을 멈추더니 정색한 얼굴로 물었다.

"그런데 백천당은 언제 움직일 건가?"

구형의 물음에 천문성에서 가장 유능한 후지기수들이 모였다고 알려진 백천당의 당주인 지본소는 흐릿한 미소를 보였다.

"때가 되면 움직여야지요, 아직은 그냥 지켜보려고 합니다."

"너무 오래 시간을 끄는 것도 몸에 좋지는 않네."

"예."

지본소는 구형의 말에 짧게 답했다.

진파랑의 명성이 커진 만큼 그의 거처로 찾아오는 사람들이 늘어나고 있었다. 모두들 진파랑의 무공이 대단한 만큼 그와 함께하기를 희망했다. 그의 곁에 머물다 보면 신공절학은 아니라도 몇 수 배울 기회가 생길지도 모르기 때문이다.

그 외에도 천문성과 원한이 있는 자들도 많았으며 중원에서 찾아오는 사람들도 늘어나고 있었다.

하지만 그들 모두를 다 받아줄 수는 없는 노릇이었고 진파랑은 장선백에게 모든 일을 위임하고 외출을 자제했다.

방 안에 앉아 운기조식을 하던 진파랑은 소주천을 끝내고 일어나 창밖을 바라보았다. 해는 중천에 떠 있었고 시간은 더디게 흘러가고 있었다.

"저예요."

정정의 목소리가 들리자 진파랑은 고개를 돌렸다. 정정은 조용히 안으로 들어와 말했다.

"사천에서 손님이 오셨어요."

"사천?"

"네. 지금 객청에 모셨어요."

진파랑은 사천이란 말에 당가를 떠올렸다.

"가지."

진파랑은 먼저 앞으로 나섰다.

객청에 앉아 있던 당이정은 안으로 들어오는 진파랑이 보이자 눈을 반짝이며 일어나 포권했다.

"당가에서 온 당이정이라 합니다."

당이정은 당가주의 사촌이고 외총관을 맡고 있는 인물이었다. 그는 소문의 진파랑을 직접 보게 되자 유심히 관찰했다. 그는 관심을 가지고 대할 수밖에 없는 인물로 지금 강호에 큰 바람을 만들고 있었다.

"진파랑이오."

진파랑은 당이정과 함께 자리에 앉았다.

"당가에서 사람이 올 줄은 몰랐소이다."

"좋은 일이 있기에 온 것이오."

"모용가와의 혼인을 말하는 것이오?"

"그렇소이다."

당이정은 진파랑이 알고 있다는 것에 고개를 끄덕였다.

"진 소협도 오셨으면 좋겠소이다. 오셔서 축하해 주시기 바라오."

"알겠소."

진파랑은 당이정이 혼인 때문에 온 것임을 알자 거절하지 않았다. 이렇게 사람까지 보냈는데 거절한다는 것은 예의가 아니었다.

"제가 당가까지 안내를 하겠소."

"급한 모양이오?"

"날짜가 촉박하니 최대한 빨리 출발해야지요."

당이정의 대답에 진파랑은 고개를 끄덕이며 말했다.

"오늘은 준비를 해야 하니 내일 아침 출발하기로 합시다."

"그럼 아침에 다시 오겠소이다."

당이정이 기분 좋은 표정으로 일어났고 진파랑도 미소를 보였다.

"아침에 뵙겠소."

"그럼."

당이정이 곧 밖으로 나갔고 진파랑의 옆으로 정정이 다가왔다.

"당가로 가실 건가요?"

"초대를 받았으면 가야지."

진파랑의 대답에 정정은 근심스러운 표정을 보였다.

"이곳을 벗어나면 천문성의 무사들이 언제 어느 때 살수를 펼칠지 장담할 수 없어요."

"천문성의 힘이 강하다고는 하나 사천까지 미치지는 못하지."

진파랑은 가볍게 미소를 보였다.

"흑랑대와 함께 갈 건가요?"

정정의 물음에 진파랑은 손을 저었다.

"아니, 그들은 이곳에 두고 청란과 정월을 데리고 갔다 오지."

"호위가 너무 적은 게 아닌가요? 혹시 안 오실 게 아니고요?"

정정은 그가 떠날지도 모른다는 생각에 불안했다. 그가 없으면 자신의 목숨도 흔들리기 때문이다.

"잠깐 외출한다고 생각하면 될 거야."

진파랑의 말에 정정은 대답 없이 고개를 끄덕이다 궁금한 표정으로 물었다.

"그런데 청란과 정월만 데려간다고 하셨는데 왜 그 둘인가요?"

"둘의 무공이 흑랑대주인 장 선배보다 강하기 때문이지."

정정은 진파랑의 말에 상당히 놀란 표정을 보였다. 그녀들이 무공을 익혔다는 것은 알았지만 설마 장선백 같은 고수보다 강하다고 생각지는 않았다.

"사공지하고 장 대주를 불러주게."

"예."

정정은 대답 후 빠르게 밖으로 나갔다. 곧 사공지와 장선백이 모습을 보였고 진파랑은 그 둘에게 사천당가로 잠시 떠난다고 말한 뒤 이곳을 맡긴다고 했다.

다음 날 아침이 되자 진파랑은 흰 무복을 입고 남문으로 향했다. 남문 밖에는 커다란 사두마차와 함께 당이정이 서 있었다. 곧 진파랑과 시비의 행색을 한 청란과 정월이 마차에 올랐고 당이정이 뒤를 따라 탔다.

"출발합시다."

당이정의 말에 마차가 흔들리더니 사천당가로 향했다.

덜컹! 덜컹!

대로를 지나가는 마차는 커다란 사두마차였으며 사천당가의 깃발이 달려 있었다. 마차의 주변에는 이십여 기의 말이 달렸고 모두 당가의 무사들이었다.

마차 안에는 세 명의 여자가 앉아 있었는데 한 명은 당영영이었고 맞은편에 앉은 사람은 연심과 그녀의 제자인 정혜였다.

연심은 곧은 자세로 앉아 있었으며 반쯤 눈을 감고 있었다. 그녀가 입을 다물고 있었기 때문에 마차 안은 조용했고 당영영 역시 쉽게 연심에게 말을 걸 수 없었기에 조용히 창밖의 경치를 감상하고 있었다.

정혜는 연심이 조용히 있었기 때문에 경직된 자세로 앉아 있었다.

마차가 끝없이 펼쳐진 유채 밭의 바다로 접어들자 당영영이 입을 열었다.

"오늘 저녁은 성도에서 하룻밤 묵기로 해요."

유채향이 진동하자 연심은 시선을 창밖으로 돌렸다. 그녀의 눈에 저 멀리 지평선 끝까지 펼쳐진 드넓은 유채 밭이 보였다.

"선아가 시집을 간다라……."

연심은 모용선의 얼굴을 떠올렸다. 그녀는 오랜 시간을 함께하지는 못했지만 마음을 열고 속 깊은 대화까지 나누던 친구였다.

친구가 시집을 간다고 하니 괜히 이상한 기분이 들었고 뭔가 알 수 없는 감정에 갇힌 기분이 들었다. 그것이 심마(心魔)

라고 생각했다.

"경사스러운 일이에요."

당영영은 흥분된 얼굴로 답했다. 그녀는 자신의 남동생이 장가를 간다는 것에서 이상한 기분에 휩싸였지만 좋은 것도 사실이었다.

"급한 사람은 영영인 것 같은데 동생이 먼저 가는구나?"

"순서는 중요하지 않아요. 거기다 저는 일부러 안 간 것뿐이에요."

연심은 그녀의 대답에 미소를 보였다. 당영영이 물었다.

"석식은 무엇으로 할까요?"

"오랜만에 매운 음식이 먹고 싶으니 매운 것으로 하자꾸나."

"그렇게 준비할게요."

당영영의 대답을 들은 연심은 다시 눈을 감았다. 그때 당영영은 무언가 생각난 얼굴로 다시 입을 열었다.

"천외성에 있던 진 소협도 모셨어요. 본가로 오는 중이라 하니 곧 만나실 거예요."

눈을 감았던 연심은 다시 눈을 떴고 당영영을 쳐다보았다. 그녀의 맑고 투명한 눈빛에 당영영은 저도 모르게 고개를 숙였다.

"쓸데없는 말을 했나 봐요."

당영영은 주눅 든 목소로 다시 말했다.

"아니다. 조금 놀란 것뿐이야."

연심은 진파랑의 소식을 듣는 순간 심장이 크게 요동치는 것을 느꼈다. 전에 없던 두근거림이었고 왠지 모르게 답답한 기분이 들었다.

진파랑의 소식을 오랜만에 들어서 그런 것일까? 한동안 잊고 있던 감정들이 새롭게 다시 나타나는 것 같았다.

"진 소협이 천외성에 있었어?"

"아… 소식을 듣지 못했나 봐요?"

"산에만 있다 보니 강호의 소식을 도통 듣지 못하는구나."

연심의 말에 당영영은 빠르게 대답했다.

"천외성에서 당당히 팔마의 자리를 차지하고 앉았다는 소문이에요. 십대고수에 버금가는 무위를 펼쳤다는 이야기도 있고 장차 천외성주가 될지도 모른다고 하네요."

"사파의 주구가 되었다는 건가?"

연심은 살짝 아미를 찌푸렸는데 조금 실망한 표정이었다. 그가 천외성에 있다는 것 자체가 사파 무리에 껴서 자신의 안위만 찾으려 하는 소인배로 보였다.

연심은 드물게 자신의 얼굴에 감정을 담았다.

"천문성과 그렇게 된 이후에 진 소협이 갈 만한 곳이 천외성 정도가 아닐까요? 그가 몸을 의탁할 만한 곳은 천하에 없다고 봐야 해요."

"천문성과 싸워 이기는 길이 그가 가야 할 길이야."

"그건 너무 가혹해요."

당영영의 말에 연심은 차가운 눈빛을 보이다 이내 창밖으로 시선을 던졌다.

"누군가에게 자신의 안위를 맡기는 순간 그 사람의 인생은 끝이라고 봐야지. 자신의 길은 자신이 만들어가는 게 무림이야."

"사숙님다운 말씀이네요."

당영영은 짧은 숨을 내쉬며 검 끝에 살고 있는 연심의 모습이 두려우면서도 부럽다는 생각이 들었다.

아미파의 최고수라 불리면서도 언제나 무림에서 살고 있다는 생각으로 검을 갈고닦는 그 마음이 대단하다고 생각되었다.

"사숙님에게 아미는 너무 좁은 것 같아요."

"아미산은 큰 산이다. 내가 품지 못할 정도로 커서 문제지."

연심은 고개를 저었고 당영영은 정혜에게 시선을 던졌다.

"사매가 고생이 많구나."

"네? 아… 저야 뭐……."

정혜는 굳은살이 박힌 손으로 뒷머리를 긁적였다. 사실 정혜는 지금 제정신이 아니었다. 처음으로 세상에 나가는 중이었고 그것도 명문이라 불리는 사천당가로 가는 길이었기 때문이다. 수많은 무림의 인사들을 볼 수 있는 기회가 그녀에게 찾아온 것이다.

지금 그녀에게 보이는 모든 것이 새롭고 신기할 따름이었고 둘의 대화도 귀에 들어오지 않고 있었다.

마차를 타고 성도성에 도착한 그들은 대로를 지나 풍양루(風陽樓)에 여장을 풀었다. 그리고 반나절이 지나 어둠이 내려앉을 때 또 다른 마차가 성도성으로 들어왔다.

주루의 대식당에는 많은 사람들이 초저녁부터 들어와 식사를 하고 있었다. 술과 함께 식사를 하는 사람들도 있었고 가족들과 모여 앉아 식사를 하는 사람도 있었다. 그 사이로 점소이들이 오갔고 무기를 소지한 무림인들도 간간이 눈에 띄었다.

주루의 안쪽에 진파랑과 당이성이 함께 앉아 있었다. 진파랑은 성도에 평소보다 많은 무림인들이 보이자 당가에서 많은 사람들을 초대한 것으로 생각했다.

하지만 실제 당가와 모용세가는 이 혼인식을 그렇게 크게 치르려 하지는 않았다. 모용선이 이미 한번 시집을 간 처지였기 때문이다.

"궁금한 게 있소."

"무엇이오?"

"천외성에 있는 내게 당 형이 오셨는데 서찰로 알려도 될 일이 아니었소? 사파의 정점인 천외성까지 사람을 보냈다면

당가의 위명에 누가 되지 않겠소?'

진파랑의 물음에 당이성은 미소를 보였다.

"진 형은 사파 사람이오?"

당이성의 물음에 진파랑은 잠시 입을 닫았다. 고민스러운 짧은 시간이 흐른 뒤 진파랑은 대답했다.

"모르겠소."

"당가도 모르기 때문에 간 것이오."

당이성은 빠르게 대답했다. 진파랑은 그의 대답에 오히려 의문스러운 표정을 보였다.

"무슨 뜻이오?"

"당가도 사파스러울 때가 있었고 정파스러울 때가 있었소이다. 독에 너무 취해 사파보다 더한 사파적인 성향을 드러내 강호의 질타를 받은 적도 있었소. 지금은 정사 중간 정도라 생각하지만 누가 가주가 되느냐에 따라 그 성격이 달라진 것 같소이다. 진 형이 사파적으로 살게 된다면 사파인이 되는 것이고 정파스럽게 지내면 정파인이 되는 것 아니겠소? 우린 모용세가와 인연이 깊은 진 형에게 모용세가를 대신해서 간 것이오."

"알겠소."

진파랑은 당이성이 어떤 말을 하는 것인지 이해한 듯 대답했다. 곧 점소이가 음식을 가져왔고 두 사람의 앞에 음식을 담은 십여 개의 접시가 식탁을 가득 채웠다. 그 모습을 지켜보던 건장한 체격에 흑의를 걸친 장년인이 진파랑과 당이성의 앞으로 다가왔다.

그는 어깨에 검을 메고 있었다.

"천하에 위명이 자자한 진 형이 아니시오?"

진파랑은 장년인이 자신을 향해 말을 걸어오자 고개를 돌렸다.

"나를 아시오?"

"지금 강호에 진파랑이란 이름을 모르면 되겠소?"

"누구시오?"

"장명이라 하오."

장명이 포권하며 말했다. 그는 눈앞의 상대가 진파랑임을 확인한 후였기에 강한 기도를 내뿜고 있었다. 그것이 살기라는 것을 진파랑은 알고 있었다.

"진파랑이다."

"저 청년이?"

주루에 있던 사람들의 입에서 진파랑 이름이 오갔고 웅성거리던 소리가 시끄럽게 변해갔다.

"내게 무슨 볼일이라도 있소?"

진파랑의 물음에 장명은 손을 저었다.

"볼일은 없소이다. 단지 위명이 자자한 진 형을 직접 보고 싶었소."

장명의 말에 당이성이 입을 열었다.

"볼일이 없다면 이만 자리를 피해주면 좋겠소."

그도 장명의 살기를 읽은 듯 표정이 좋지는 않았다.

당이성의 말에 장명은 그를 무시하듯 진파랑에게 시선을 던지며 다시 말했다.

"진 형은 몇 명의 사람을 죽였소? 백 명? 아니, 천 명은 되시오?"

그의 말에 진파랑의 표정이 굳어졌다.

"무슨 말이 하고 싶은 것이오?"

진파랑의 물음에 장명은 입가에 싸늘한 미소를 그렸다.

"사람을 한 명 죽이면 살인자가 되고 열 명을 죽이면 살인마가 되겠지… 그런데 웃긴 게 백 명을 죽이면 호인이 되고 천명을 죽이면 영웅이 된다오."

"그래서?"

진파랑의 눈빛이 차갑게 반짝였다. 장명은 다시 말했다.

"만 명을 죽이면… 왕이 된다고 하지, 진 형은 몇 명이나 죽였소?"

진파랑은 젓가락을 들어 죽순을 집었고 장명의 손은 검의 손잡이를 잡고 있었다. 진파랑은 죽순을 먹으며 물었다.

"내게 원한이 있나?"

"진 형의 손에 죽은 많은 사람들 중에 내 동생이 있었소."

"그렇군."

진파랑은 고개를 끄덕였다. 그 순간 장명의 검이 진파랑의 목으로 날아들었다.

쉬악!

바람 소리가 일어났고 날카로운 검신이 반원을 그리며 진파랑의 목에 닿을 듯 접근했다. 진파랑은 차가운 눈빛으로 젓가락을 들었다.

땅!

젓가락과 날카로운 검이 마주쳤지만 어깨를 떠는 쪽은 장명이었다. 사람들은 놀란 듯 자리에서 일어섰고 당이성도 뒤로 한 발 물러섰다.

나무로 만든 젓가락은 검에 잘리지 않았다. 장명은 지금 이 상황이 그저 놀라울 뿐이었다. 자신의 검이 그토록 가벼웠던 것일까?

진파랑은 여전히 같은 자세로 장명을 향해 다시 말했다.

"자네의 동생이 누구인지 기억할 수는 없지만 내가 살기 위해 살수를 펼쳤다면 그것 또한 무림의 생리가 아니던가? 원한을 가지고 복수를 하려 한다면 받아주겠네."

진파랑은 말과 함께 젓가락에 힘을 주었다.

탁!

장명의 검은 탁자 위에 반듯하게 올려졌고 그 위를 젓가락이 누르고 있었다. 장명의 오른손은 떨렸으며 그의 이마에는 식은땀이 맺혔다. 장명은 어금니를 깨물며 사납게 살기를 보였지만 이러지도 저러지도 못하는 상황이었다.

진파랑은 자연스럽게 왼손으로 다른 젓가락 하나를 손에 쥐며 말했다.

"지금 나는 식사를 하고 싶은데 어떻게 생각하나?"

진파랑의 차가운 눈길을 받은 장명은 저도 모르게 어깨를 떨었다. 그는 잠시 그렇게 진파랑의 살기를 마주 보다 팔에서 힘을 빼더니 검을 놓았다.

"물러가겠소."

장명은 마치 모든 것을 포기한 사람처럼 말했고 진파랑은 왼손의 젓가락을 내려놓았다. 곧 장명에게 검을 밀며 말했다.

"검은 가져가게."

장명은 말없이 검을 들더니 포권 후 걸어 나갔다. 그가 나가자 몇 명의 무인들이 일어나 함께 나갔고 잠시의 소란이 있었던 주루는 본래의 모습을 찾아가기 시작했다.

처음부터 모든 것을 앞에서 지켜보던 당이성은 진파랑에게서 절정의 고수에게서나 느껴지는 위압감을 느낄 수 있었다. 장명은 그 위압감에 압도되었을 것이다. 보기에는 젊은 청년이었지만 그의 행동이나 분위기는 나이에 걸맞지 않은 명숙의 향이 흘렀다.

"왜 죽이지 않은 것이오?"

당이성은 일반적으로 원한을 품고 다가온 적은 다시 온다는 것을 알기 때문에 물었다. 자기라면 장명을 절대 살려서 보내지는 않았을 것이다. 그는 다음에 기회가 된다면 분명히 검을 들고 다시 찾아올 것이고 실력이 안 된다면 비겁한 암습이라도 가할 인물로 보였다.

"아무 의미 없는 살인이 되기 때문이오."

"의미 없는 살인이라……."

당이성은 잘 모르겠다는 듯 중얼거리며 술을 한 잔 따라 마셨다. 짙은 주향이 흘렀고 진파랑도 술잔을 들었다. 그러자 그의 잔에 당이성은 술을 따랐다.

"그는 진 형에게 원한이 있는 자인데 아무 의미가 없다는 것이오?"

"원한이 있다 해도 무의미하다는 것을 저자도 알기 때문이오."

진파랑의 말에 당이성은 미미하게 고개를 끄덕였다. 알 것도 같은 기분이 들었기 때문이다. 진파랑은 다시 말했다.

"그는 나와 어깨를 나란히 하기 전까지 절대 내게 올 사람이 아니오."

"아하… 그런 뜻이었구려."

당이성은 이해를 한다는 표정이었다.

"원한 때문에 내게 복수만을 고집했다면 암습을 했을 것이오."

"그럴 것 같소이다. 진 형의 무공에 대한 소문을 들었다면 나라도 암습을 했을 것이오."

"암습을 한 자와 저렇게 자신을 드러내 놓고 온 자의 차이는 명확하오. 자신의 무공에 자신이 있다는 것이고 무공으로 승부를 내고 싶다는 뜻이 아니고 무엇이겠소? 그는 수련을 할 것이고 자신감이 붙으면 다시 올 것이오. 하나… 그 시간이 얼마나 걸릴지…….″

진파랑은 다시 죽순을 집어 먹으며 술을 마셨다. 당이성은 고개를 끄덕였고 조용히 입을 열었다.

″만약 암습을 했다면 죽일 생각이었소?″

″물론이오.″

진파랑은 망설이지 않고 대답했다. 암습은 다른 문제였다.

″시비들이 안 보이는데 어디 갔소?″

″성도는 처음이라 구경하고 싶다 하여 잠시 나갔소.″

진파랑의 대답에 당이성은 젊은 소녀들이라 활기가 넘친다고 생각했다. 빈 술잔에 술을 따르던 당이성의 눈에 주루로 들어오는 당가의 무사가 보였다. 당가의 무사 역시 당이성을 발견하고 다가왔다.

허참은 당이성을 발견하고 재빨리 다가갔다.

″외총관님을 뵙습니다.″

″허 위사군. 조카가 이 근처에 와 있나?″

″지금 별원에 아가씨가 머물고 계십니다.″

″벌써? 아미산에 다녀온다 하더니 벌써 온 모양이군. 그래, 알겠네.″

″예.″

허참은 대답 후 안쪽으로 사라졌고 당이성이 진파랑을 향해 말했다.

"별원에 조카가 와 있다고 하니 우리도 그리 갑시다."

"알겠소."

진파랑은 대답 후 일어나 당이성과 함께 별원으로 향했다.

정원은 넓었고 인공 호수와 정자를 끼고 있었다. 구름다리를 건너 낮은 담을 지나면 작은 마당과 함께 별채가 자리를 잡고 있었다.

안에서 식사를 하던 당영영과 연심은 창밖으로 저물어가는 하늘을 바라보고 있었다. 정혜는 눈앞에 삼 첩으로 쌓인 접시들에 가득한 진수성찬에서 이것저것 집어 먹고 있는 중이었다.

마당으로 허참이 들어와 당영영의 옆으로 다가갔다. 당가에 성도에 도착했다는 것을 알리러 나간 허참이 옆으로 다가오자 당영영은 시선을 돌렸다.

"대식당에서 외총관님을 만났습니다. 지금 이리로 오는 중입니다."

"알았다."

당영영의 대답에 허참은 곧 자신의 자리로 돌아갔다. 당가의 일이기 때문에 연심은 크게 관심을 보이지 않았다. 당영영은 슬쩍 시선을 돌려 연심을 쳐다보았다. 창밖의 검푸른 하늘을 보던 연심은 찻잔을 들었다.

"저기……."

"응?"

연심의 시선에 당영영은 입술을 살짝 깨물었다. 외총관이 데려온 사람이 진파랑이란 사실을 알려야 했지만 그 기회를 놓친 기분이 들었다.

저벅! 저벅!

발소리가 들렸고 연심의 시선이 문으로 향했다. 당영영은 자리에서 일어섰고 문을 통해 당이성과 진파랑이 모습을 보았다. 순간 연심은 눈빛이 살짝 흔들렸으며 자신도 모르게 자리에서 일어섰다.

진파랑은 문 너머로 연심의 얼굴이 보이자 저도 모르게 걸음을 멈췄다.

"하하하! 우리 영이가 벌써 돌아왔구나."

당이성이 웃으며 호방하게 말하자 급한 걸음으로 당영영이 달려 나왔다.

"오랜만이에요."

"오래만이오."

진파랑에게 가볍게 인사를 한 당영영은 곧 아직도 앉아 있는 정혜를 발견하고 재빨리 안으로 들어가 그녀의 소매를 잡았다.

"우린 시장이라도 구경할까?"

"네? 아니, 저는 그러지 않아도 괜찮은데요."

눈치 없는 정혜의 대답에 당영영은 재빨리 팔을 끌었다.

"사매, 언니 말 들어."

"네? 아… 저…….

아직도 배가 안 찬 건지 쉽게 젓가락을 놓지 못하던 정혜는 당영영의 힘에 이끌려 밖으로 나왔다.

"저희는 먼저 자리를 좀 피할게요."

당영영은 눈치를 주며 당이성의 소매도 잡았다. 곧 세 사람이 나가자 주변에 있던 호위무사들도 밖으로 나갔다. 그들이 모두 나가자 연심은 자리에 앉았다.

진파랑은 여전히 연심의 얼굴을 쳐다보고 있었다. 꿈에서 보던 얼굴과 지금 눈앞에 있는 얼굴은 같은 얼굴이었고 변한 게 없었다.

"앉아요."

연심의 낮은 목소리가 울렸고 진파랑은 떨리는 가슴을 진정시키며 천천히 안으로 들어갔다.

당이성과 정혜를 끌고 나온 당영영은 곧 깊은 한숨을 내쉬었다.

"아니, 왜 그래? 인사도 제대로 못 했는데 끌고 나오다니 너무한 거 아니냐?"

연심에게 인사를 하고 싶었던 당이성은 서운한 듯 말했다.

"인사할 분위기예요?"

"응?"

"저 두 사람에 관한 소문도 못 들었어요?"

"소문? 그런 것도 있었어?"

당이성이 몰랐다는 듯 물었고 정혜가 눈을 반짝였다.

"저 남자분하고 스승님하고 소문이 있었어요? 어떤 소문이에요?"

두 사람의 반짝이는 눈동자를 쳐다본 당영영은 고개를 저으며 깊은 숨을 내쉬었다.

第五章
꿈꾸는 파도

진가도

시간이 멈춘 것 같았다. 선선히 불어오는 바람은 분명 얼굴을 간질이고 있었는데 왜 아무것도 느낄 수가 없을까? 분명 시간은 흘러가고 있었는데 머릿속이 텅 빈 것 같았다.

　진파랑은 멍하니 연심의 얼굴을 쳐다보고 있었다. 머릿속에서 그렸던 마지령의 얼굴을 계속해서 눈앞에 서 있는 연심과 비교했다. 분명 같은 사람이었고 달라진 것은 없어 보였다.

　"마 소저."

　진파랑은 저도 모르게 입을 열어 연심을 불렀다.

　창밖으로 진파랑을 쳐다보던 연심은 그의 목소리에 정신

을 차린 듯 보였다. 그녀는 고개를 슬쩍 저으며 일어나 마당
으로 천천히 걸어 나갔다.

그녀의 왼손에 들린 우산이 진파랑의 눈을 자극했다. 분명
그녀는 마지령이었다.

"연심이에요."

"연심?"

진파랑은 그녀의 목소리에 굳은 표정을 보였다. 목소리는
분명 마지령이었고 다른 사람이 아니었다.

"무슨 말이오?"

"아미파에서 부르는 제 이름이에요."

그녀의 말을 듣게 되자 진파랑의 눈빛이 흔들리는 것 같았
다. 분명 아미파의 장문인은 연자배였기 때문이다. 연자배
의 이름을 가졌다는 것은 아미파의 원주급이란 말과도 같았
다.

'아미파의 여자라는 것을 알았지 않느냐.'

진파랑은 아미파의 제자라는 사실을 알았기 때문에 최대
한 마음을 추스르기 위해 노력했다. 안정을 찾기 위해 절로
깊은 숨을 내쉬었다.

연심은 진파랑의 표정이 시시각각 변해가는 모습을 눈에
담고 있었다. 여러 감정이 얼굴에 오가는 것이 보이자 마음이
살짝 흔들리는 것 같았다.

"마 소저."

"연심이라고 하세요."

자존심이라도 걸린 문제일까? 연심은 진파랑의 호칭이 마음에 안 드는 것 같았다. 그녀의 차가운 모습에 진파랑은 주먹을 쥐며 다시 말했다.

"그렇게 부르면 영영 못 만날 것 같아 못 하겠소."

"그걸 결정하는 것은 저예요."

연심의 표정은 여전히 변화가 없었고 무심한 듯 보였다. 그녀의 그런 모습을 오랫동안 보아왔던 진파랑이었기에 그 마음을 읽을 수 없다는 것도 알았다. 진파랑은 호칭의 문제는 뒤로 미루는 편이 더 좋을 것 같다는 생각에 화제를 바꿨다.

"건강을 회복하면 아미산에 가려 했소."

"그런데 안 왔지요."

연심은 진파랑의 말을 부정하며 낮게 대답했다. 그녀의 목소리는 여전히 무심했고 차가웠다. 진파랑은 혹시나 그녀가 자신이 찾아오지 않았기 때문에 화가 난 것은 아닌가 하는 의심이 들었다. 하지만 연심은 그런 감정을 표현하는 사람이 아니었다. 속을 알 수 없는 여자였고 그래서 가슴에 품고 있었다.

"그건……."

진파랑은 말문이 막힌 듯 잠시 입을 다물었다. 연심은 그런 진파랑을 가만히 쳐다보았다. 사실 그저 그를 쳐다보는 것만으로도 기분이 좋았고 당장에라도 그의 안부를 물으며 몸 상태는 어떤지 호들갑을 떨고 싶었다. 하지만 그녀는 어떻게 해야 할지 몰랐고 그것보다 서운한 마음이 먼저였다. 물론 지금 이 감정이 서운한 것인지 어떤 것인지 그녀조차도 모르고 있었다.

둘 사이에 어색한 공기가 흐르고 있었다. 서로를 바라보고 있었지만 막상 분위기가 무거워지자 입이 떨어지지 않았다. 하지만 자리를 피하고 싶지는 않았다. 좀 더 같이 있고 싶은 마음에 둘은 그저 우두커니 서로를 바라볼 뿐이었다.

해가 저물어 어둠이 깔려왔지만 둘은 여전히 말이 없었다. 진파랑은 슬쩍 하늘을 바라보다 다시 그녀의 얼굴을 쳐다보았다.

그녀는 여전히 어둠 속에서도 밝게 빛이 나는 것처럼 아름답게 서 있었다. 하얀 피부와 붉은 입술은 감정이 없었지만 가슴을 뛰게 만들고 있었다.

연심 역시 진파랑을 쳐다보았다. 허공중에 눈이 마주쳤지만 피하지 않았고, 둘 다 서로를 그렇게 천천히 살펴보고 있었다.

진파랑의 입이 열렸다.

"많이 기다렸소?"

"그래요."

연심은 당연하다는 듯 대답했다. 그녀의 빠른 대답에 진파랑은 어색한 듯 고개를 돌렸고 미안한 표정을 보였다.

"올 거라 생각했지만 안 왔어요."

"미안하오."

진파랑은 힘없이 대답했다. 연심은 다시 말했다.

"아미산이 아닌 천외성에 갔다고 들었어요."

"그건……."

진파랑은 다시 할 말이 없는 듯 대답을 못 했다. 잠시 망설이던 그는 조용히 입을 열었다.

"천외성에 간 것은 그만한 이유가 있었소."

연심은 그 이유가 무엇인지 궁금했다. 그러다 문득 왜 이런 어색한 대화를 하고 있는 것인지 모르겠다는 생각이 들었다.

"천문성을 피해 간 곳이 사파의 우두머리라 불리는 천외성이에요. 목숨을 부지하기 위해 간 곳이 그곳이라면 중원에는 오지 말아야지요."

"사파니 정파니 그런 게 중요한 것이오?"

"전 아미파예요."

연심의 대답에 진파랑은 명문정파라는 이름을 가진 아미파의 명성을 떠올렸다.

"그랬군……."

진파랑은 조용히 고개를 끄덕였다. 그 모습에 연심은 우산을 왼손으로 고쳐 잡았다.

"우린 전에도 그랬지만 지금도 대화보다는 검이 어울려
요."

싸우려는 그녀의 태도에 진파랑은 굳은 표정을 보였다.

"진심이오?"

"그래요."

연심의 짧은 대답에 진파랑은 반사적으로 도의 손잡이를
잡았다. 그녀의 표정은 사실이었고 절대 거짓이 없었다. 진파
랑은 살짝 미간을 찌푸리며 말했다.

"여긴 사람도 많고 협소하니 장소를 옮기는 것이 어떻겠
소?"

그의 물음에 연심은 가까이에서 들리는 사람들의 목소리
와 식당의 시끄러움에 고개를 끄덕였다. 무엇보다 진심으로
싸운다면 주변에 민폐를 주게 될 것이 분명했다. 그런 일은
피해야 했다.

"좋아요."

연심의 대답에 진파랑은 고개를 끄덕인 뒤 담장 위로 날아
올랐다.

"따라오시오."

진파랑의 말에 연심은 그를 쫓아 경공을 펼쳤다. 연심의 신
형이 바람처럼 담장 위로 올라오자 진파랑은 다시 삼 장 정도
떨어진 지붕 위로 날았다. 타탁거리며 다시 한 번 지붕 위를
뛰어 멀리까지 날아간 진파랑이 고개를 돌려보니 어느새 연

심이 뒤를 바짝 쫓아오고 있었다. 진파랑의 입가에 미소가 걸렸다.

타탁!

지붕 위를 달리는 진파랑과 연심의 눈에 밝은 성도성의 등불들이 보였다. 마치 반딧불이 모여 이루어놓은 밝은 불빛들의 모습은 낮과는 다른 또 다른 진풍경이었다.

"어디까지 갈 거예요?"

연심은 지붕을 넘으며 달려가는 진파랑의 모습과 그 뒤의 밝은 불빛으로 가득 찬 성내의 모습을 함께 눈에 담았다. 저절로 마음이 풀리는 기분이 들었다.

양 볼과 양 귀로 바람이 마음을 포근하게 하라며 낮게 속삭이고 있었다. 바람 소리는 두 사람의 귀에 모두 들리고 있었다.

"다 왔소."

진파랑은 남문 앞 거대한 광장에 도착한 후 지붕에서 내려와 재빨리 성벽을 타고 사선으로 가로질러 올라갔다. 남문에 있던 경비들이 놀라 눈을 부릅떴고 길을 오가는 상인들과 일반 평민들도 그의 모습에 고개를 돌렸다. 그 뒤로 연심의 신형이 성벽을 직선으로 뛰어 올라갔다.

"우와아아!"

"저럴 수가!"

수많은 사람들이 연심이 보여준 대단한 경공술에 한 번 놀

랐고 긴 흑발을 휘날리는 여성의 모습에 다시 한 번 놀라고
있었다.

성문을 지키던 경비들도 잠시 넋을 잃고 바라보다 그들을
제재하기 위해 올라가려 했지만 경비대장이 그들을 말렸다.
괜히 무림인들의 일에 끼어들었다가 봉변을 당하면 안 되기
때문이다.

성벽 위로 무림인들이 올라갔다는 사실보다 수하들이 그
들을 제지하다 봉변을 당했다는 일이 더욱 안 좋은 상황이었
다. 거기다 관과 무림은 언제나 서로를 위해 한 발씩 양보하
는 사이가 아니던가?

성내에서 사고를 치는 것보다 차라리 평민들이 없는 성벽
위가 그들의 입장에선 더 나을지도 몰랐다.

진파랑은 성벽 위에 올라서서 불어오는 바람을 시원하게
맞고 있었다. 사람들의 시선이 느껴졌지만 어두움 때문에 그
들은 자세히 보려 해도 볼 수가 없었다. 무엇보다 성문의 경
비무사들이 사람들을 제지하고 있었다.

연심은 진파랑과 오 장 정도 떨어진 곳에 서서 남문 밖을
바라보고 있었다. 성내와 반대로 한 치 앞도 볼 수 없는 어둠
이 짙게 깔린 세상이지만 불어오는 바람만큼은 시원하고 달
콤하게 느껴졌다.

"좋은 곳이지 않소?"

"좋아요. 거기다 유채 향이 짙군요."

성 밖으로 드넓게 펼쳐진 유채 밭을 떠올린 진파랑은 고개를 끄덕였다. 진파랑은 도의 손잡이를 잡으며 연심에게 신형을 돌렸다.

"이번에는 쉽지 않을 것이오."

"전에도 쉽지 않았어요."

연심은 고개를 끄덕이며 우산을 앞으로 내밀었다. 강한 위압감이 진파랑의 전신으로 밀려왔지만 과거와 달리 편한 기분이 들었다.

스릉!

그녀는 처음부터 검을 뽑아 오른손에 들었다. 과거엔 우산이 먼저였지 검을 보이지는 않았었다. 그만큼 진파랑이 성장했다는 것을 그녀도 느끼고 있다는 증거였다.

"가요."

한마디 말과 함께 연심의 신형이 소리 없이 십여 개의 환영을 그려내며 진파랑의 코앞까지 다가왔다. 유령 같은 보법이었고 놀라운 속도였다. 진파랑은 여전하다는 생각에 고개를 끄덕이며 도를 뽑아 들었다. 그녀가 진심으로 덤빈다면 사력을 다해야 한다는 것은 경험으로 잘 알고 있었다.

땅!

최초의 금속음이 강하게 울렸고 진파랑은 재빨리 도를 꺾어 연심의 손목을 베었다. 아주 순간적인 임기응변(臨機應變)이었다.

연심은 그가 재빨리 도신을 바꿔 방향을 돌리자 검을 꺾어 막았다. 창 하는 소리와 함께 검과 도가 부딪쳤고 연심의 검은 휘어지듯 변화하여 진파랑의 목과 오른 어깨를 찔러갔다.

진파랑은 그녀의 검이 마치 채찍처럼 휘어져 날아들자 굳은 표정으로 뒤로 삼 보 물러섰다.

쉬쉭!

바람 소리와 함께 눈앞에 두 개의 검기가 휘어지는 것이 보였다. 짧은 거리에서 갑작스럽게 변하는 검을 보고 진파랑은 고개를 끄덕였다.

"처음 보는 것 같소?"

"얼마 전에 만들었어요."

"대단하군."

진파랑은 이제 초식까지 만드는 단계까지 올라선 연심의 말에 놀라고 있었다.

"설마 날 시험대로 삼으려는 것이오?"

"그럴지도 모르지요."

연심은 알 수 없는 대답을 내놓으며 눈을 반짝였다. 자신의 초식을 그 근접의 거리에서 손쉽게 피한 진파랑의 실력에 내심 만족하고 있었다. 진파랑은 상당한 경지에 올라선 것이 분명했다. 그곳이 어디인지 확인하고 싶다는 생각이 들었다.

"검법명은 무엇이오?"

"비섬검법(飛閃劍法)이에요."

그녀의 대답에 진파랑은 도를 고쳐 잡으며 미소를 던졌다.

"우중검… 비검섬… 별호가 마음에 들었던 모양이오?"

"맞아요."

연심은 고개를 끄덕였다. 자신을 부르는 별호가 마음에 들었기 때문에 검법의 이름도 별호에서 따온 것이다.

"방금 그 초식은 무엇이오?"

"초파산월(招派散月)."

그녀의 대답에 진파랑은 곧 한발 앞으로 나서며 번개처럼 도를 뻗었다.

"혈소풍(血笑風)이오."

쉬아아악!

강렬한 바람 소리와 함께 백여 개의 가느다란 실선들이 마치 폭포수처럼 연심을 향해 뻗어 나갔다. 진파랑이 펼친 혈소풍의 초식을 몇 번이나 봤지만 지금처럼 날카로운 것은 처음이었다. 연심은 우산을 펼쳤다.

빙그르르! 파팡!

소리를 내며 빠르게 회전하는 우산에 혈소풍이 막혔다. 하지만 우산을 든 마지령은 뒤로 십여 보나 물러서야 했고 그사이 진파랑의 도가 빠르게 우산을 쳐 왔다. 마지령은 재빨리 우산을 접어 도를 막았다.

깡!

커다란 금속음이 성벽에서 성내까지 멀리 퍼져 나갔다. 강렬한 일격에 마지령은 반보 물러서야 했다. 진파랑도 반보 물러선 상태로 인상을 찌푸렸다.

"너무 쉽게 막는 것 아니오?"

"이제는 쉽게 제 거리로 파고들어 오네요."

쉭!

마지령의 눈이 반짝이며 검은 섬광이 아래에서 피어났다. 진파랑은 화들짝 놀라 뒤로 삼 장이나 물러서야 했다.

파파팟!

십여 개의 검기가 이 장까지 늘어나 허공을 휘저었고 진파랑은 어느새 그 범위에서 벗어난 채 도를 늘어뜨리고 있었다.

절로 식은땀이 나는 한 수였다. 초고수라 하더라도 방금 전의 일격을 벗어나기는 힘들 것 같았다. 우산과 검을 동시에 든 그녀는 마치 무적의 여고수를 보는 것 같았다.

"휴……."

진파랑은 짧은 숨을 내쉬며 호흡을 다듬었다.

연심은 진파랑이 과거와 달리 보법도 빨라졌다는 것에 놀라고 있었다. 표정의 변화는 없지만 자신의 초식을 모두 피할 거라 생각하지는 않았다. 어디 한 군데라도 상처가 생길 거라 여겼는데 그러지 못하자 서운한 기분마저 들었다.

"우리 이제 제대로 해요."

연심의 차갑고 낮은 목소리에 진파랑의 신경이 곤두섰다.

진파랑은 도를 앞으로 뻗은 채 자세를 낮췄다. 그의 기도가 거세게 일렁이는 모습이 마치 눈에 보이는 것 같았다. 연심은 그의 성장에 왠지 모르게 서운한 기분이 들었다. 자신이 없는 곳에서 그가 성장했다는 것 때문일까?

먼저 움직인 것은 연심이었다.

"피하지 마세요."

쉬아악!

강렬한 바람 소리와 함께 두 개의 환영 같은 우산이 그의 눈앞을 완전히 가렸다. 시야를 가려 버리는 한 수였고 그 틈으로 검은 섬광이 마치 창살처럼 뚫고 나왔다. 진파랑은 숨을 마시며 도면으로 막았다.

땅!

"큭!"

강렬한 일격이었고 진파랑의 신형이 십여 보나 물러섰다. 그 순간 연심의 검이 다시 한 번 진파랑의 목을 노렸다.

"정말 죽일 생각이오?"

"막으세요. 아님 공격을 하든가요."

연심의 낮은 목소리가 들렸고 진파랑의 신형이 순간적으로 늘어나더니 밝은 백색 도기를 회오리처럼 뿌렸다. 연심은 회전하는 도기의 강렬함에 놀라며 그것을 우산으로 쳐냈다.

따다당!

금속음이 울렸고 진파랑의 도가 날아드는 연심의 검을 막았다. 하지만 연심은 진파랑의 도가 막을 것을 대비한 듯 유려하게 옆으로 움직여 그의 허리를 베었다. 진파랑의 신형이 환영처럼 뒤로 밀려 나갔다.

팟!

검이 허공을 잘랐고 진파랑의 신형이 좌측으로 일 장이나 밀려 나갔다.

"대단해요."

연심은 진파랑의 옆 옷만 살짝 베었다는 것에 고개를 끄덕였다.

"검법이 매우 공격적이고 매섭소."

"제 검에 비하면 천풍육도는 살인적이에요."

그녀의 말에 진파랑은 부정하지 않았다. 초식을 아끼고 안 펼치는 이유도 혹시나 연심이 다칠까 염려되기 때문이었다. 한번 펼치면 거두기 어려운 초식들이었다.

연심은 슬쩍 검을 잡은 오른손 등을 들어서 살펴보았다. 그곳에 살짝 붉은 혈흔이 있었고 그것은 진파랑의 혈소풍을 상대하다 생긴 상처였다.

연심의 아미가 살짝 찌푸려지자 진파랑의 표정이 굳어졌다.

"다쳤소?"

진파랑은 저도 모르게 번개처럼 연심에게 다가갔다. 연심도 본능적으로 뒤로 한 보 물러섰다. 하지만 진파랑의 손을 피하지는 못했다. 아니, 피할 수 없었다기보다 피하기 싫었던 것 같았다.

덥석 연심의 손을 잡은 진파랑은 그녀의 손등에서 살짝 혈흔이 보이자 인상을 굳혔다.

"이런… 상처가……."

진파랑은 염려스러운 눈빛을 던졌다. 연심은 지금 이런 상황이 처음이라 당황한 듯 손을 빼며 한 발 물러섰다.

"아프지 않아요."

진파랑의 시선을 회피하며 말한 그녀의 얼굴은 살짝 상기되어 있었다. 하지만 그것뿐이었다.

"미안하오."

진파랑의 한마디에 연심은 고개를 저었다. 불어오는 바람은 그녀의 머리카락을 살며시 흔들었고 떨어지는 달빛은 그녀의 얼굴을 차갑게 만들어주었다. 하지만 그 모습조차 진파랑은 곱게 보였다.

손을 거둔 연심은 궁금한 듯 물었다.

"천외성에는 왜 간 건가요?"

그녀의 질문에 진파랑은 잠시 망설이는 듯했다. 하지만 연심에게 굳이 숨길 이유가 없었다.

"독선문에서 나를 살리기 위해 많은 노력을 했소. 그건 마

소저도 잘 알 것이오. 물론 마 소저 역시 내게는 생명의 은인이나 다름이 없소이다."

연심은 그의 말에 부정하지는 않았다. 단지 천외성에 간 이유가 궁금한 듯 눈을 반짝였다.

"독선문주가 나를 살려주었고 은혜를 입었기 때문에 그의 부탁으로 잠시 천외성에 간 것이오. 그 부탁이 끝나면 아미산에 가려 했소이다."

"그 부탁이 무엇인지 궁금하네요."

"나중에 말하겠소."

진파랑의 말에 연심은 알겠다는 듯 고개를 끄덕였다. 진파랑은 다시 입을 열려다 누군가 성벽을 타고 오르는 발소리에 고개를 돌렸다.

타탁거리는 소리와 함께 성벽 위로 푸른 도폭을 휘날리며 젊은 청년이 올라섰다.

그는 깔끔한 인상의 도사였고 청의가 잘 어울리는 인물이었다. 어깨에는 검을 차고 있었는데 푸른 수실을 달고 있었다.

"아는 얼굴이 있어 실례를 무릅쓰고 올라왔소."

그는 연심을 향해 시선을 던지며 가벼운 미소를 입가에 걸었다. 연심과 함께 있는 시간을 방해받은 진파랑은 곱지 못한 시선으로 청년을 쳐다보았다.

"연 사매가 이런 곳에 있을 줄은 몰랐소."

"누가 사매인가요?"

연심은 그의 말에 차가운 눈빛을 던졌다. 진파랑은 그 연 사매라는 호칭에 굳은 표정으로 한 발 나섰다. 그러면서 자연스럽게 연심의 얼굴을 가린 진파랑은 청년을 향해 포권했다.

"진파랑이라 하오."

진파랑의 인사에 청년은 연심을 가린 그의 행동이 거슬리는 듯 살짝 눈살을 찌푸리다 예의는 차려야 했기에 마주 포권했다.

"무당의 청공이라 하오."

"반갑소."

진파랑은 눈을 반짝였고 청공 역시 진파랑이란 이름을 잘 알기에 미소를 던졌다. 하지만 그는 곧 진파랑에 대해 잊어버렸다.

진파랑은 그의 얼굴을 잘 기억했지만 청공은 모르는 표정이었다.

"연 사매와는 오랜만에 만난 것인데 진 형이 방해를 하는구려."

사대문파의 제자들은 문파가 달라도 형제처럼 부른다고 들었다. 그 사실을 잘 알고 있었지만 막상 연심이 누구에게 사매라는 소리를 듣게 되자 진파랑의 표정은 굳어질 수밖에 없었다.

연심이 한 발 옆으로 나섰다. 진파랑의 뒤에서 모습을 보인 그녀는 무심한 눈빛을 청공에게 던졌다.

"사매라는 호칭은 불편하군요."

"그럼 무엇이라 불러야 하오?"

"부르지 마세요."

연심이 잘라 말했고 청공은 그럴 줄 알았다는 듯 고개를 끄덕였다.

"사매라는 말이 입에 붙어서 그런 것이니 이해하구려."

능글거리는 그 모습에 연심은 아미를 찌푸리며 뒤로 한 발 물러섰다. 기분이 나빠졌고 이곳에 있고 싶다는 생각이 사라졌다. 진파랑을 만난 것은 반가운 일이었으나 청공을 만난 것은 불행한 일이었다.

슥!

진파랑은 다시 한 번 연심의 앞을 막으며 청공에게 시선을 던졌다.

"우린 좀 많은 대화를 해야 할 것 같소이다."

진파랑의 행동에 청공은 기분이 살짝 나빠졌다. 그의 모습은 마치 자신의 연인을 보호하려는 남자의 행동이었기 때문이다. 연심과 진파랑이 함께 권왕을 죽이고 수왕과 혈전을 치렀다는 사실은 들어서 알고 있었다.

물론 연심을 만나기 전까지 그 소문에 대해 크게 신경 쓰지는 않았다. 하지만 연심을 만나 그녀와 검을 겨룬 뒤 생각이 달라지게 되었다.

그녀의 사소한 모든 것이 신경 쓰였고 그녀에 대해 잘 알고 싶어졌다. 그리고 마음이 흘러가는 것을 붙잡기 위해 노력도 많이 하고 있었다.

"진 형에 대한 소문은 익히 들어서 알고 있소."

말이 곱게 흘러나오지는 않았다.

"도사님께선 수행이 부족한 모양이오?"

진파랑의 뼈가 있는 질문에 청공은 웃으며 대답했다.

"요즘 들어 부쩍 그렇게 느끼고 있소이다."

"무당의 도사께서 이곳까지 무슨 일로 오셨소이까?"

"당가의 혼인 소식을 듣고 축하하기 위해 온 것이오. 당가로 가는 길에 이렇게 아는 사람을 만나게 되어 반가운 마음에 나선 것이니 기분 나빠 하지 마시오."

청공의 말에 진파랑은 차가운 미소를 보였다. 하지만 강렬한 진파랑의 기도에도 청공은 여유 있는 표정이었고 지금 이 팽팽한 긴장감과 공기를 즐기는 것 같았다.

연심은 두 사람의 분위기가 심상치 않다는 것을 알았지만 가만히 서 있었다. 두 사람이 싸워야 할 이유가 없었기 때문이다. 하지만 그건 어디까지나 연심의 생각이었다.

진파랑은 청공이 연심에게 상당히 큰 감정을 가지고 있다는 것을 알았다. 매우 기분 나쁜 일이었다.

"도사님의 명성에 누가 안 된다면 진 모가 한 수 부탁해도 되겠소?"

"진 형에게 한 수 부탁하려고 말하려던 참이었는데 선수를 빼앗겼구려."

청공은 웃으며 어깨에 걸친 검의 손잡이를 잡았다. 진파랑 역시 도의 손잡이를 잡으며 강한 기도를 내뿜었다.

둘의 기도가 강하게 주변으로 흘러갈 때 연심의 그림자가 그들 사이에 나타났다.

"뭐하시는 건가요?"

연심은 진파랑과 청공을 향해 좌우로 시선을 던졌다.

"보면 모르오? 진 형과 한 수 겨루려는 것이오."

청공은 당연하다는 듯 말했고 연심은 굳은 표정을 보였다.

"당가의 혼인식에 가는 것인데 굳이 싸워야 하나요?"

그녀의 물음에 청공은 고개를 끄덕였다.

"물론이오. 무공을 겨루는 데 이유가 있소?"

청공의 고지식한 물음에 연심의 표정이 굳어졌다. 마치 과거의 자신을 보는 것 같았기 때문이다. 그녀는 진파랑에게 시선을 던졌다.

"하지 마세요. 그는 강해요."

연심의 목소리에 담긴 것은 걱정이었고 그 소리에 화난 것은 진파랑이 아니라 청공이었다. 자신을 염려하는 게 아니라 진파랑을 걱정해 주었기 때문이다. 자신을 바라보는 시선과 진파랑을 쳐다보는 그녀의 눈빛은 확연히 달랐다.

"걱정 마시오."

진파랑은 손을 저었다.

연심은 살짝 아미를 찌푸리다 뒤로 물러섰다.

"먼저 숙소로 돌아가시오. 우린 할 말 좀 하고 가야겠소."

진파랑의 말에 연심은 고개를 저으며 멀리 떨어졌다.

"진 형의 말에 따르지 그러오? 연 사매가 옆에 있으면 신경
쓰여서 제대로 겨루지 못할 것 같소."

"아니에요, 저도 궁금해요."

연심은 진파랑과 청공의 대결이 구경하고 싶다는 듯 십여
장이나 물러섰다. 그녀가 물러서자 진파랑은 청공을 향해 차
가운 눈빛을 던졌다.

청공 역시 흥미롭다는 표정으로 진파랑을 쳐다보고 있었
다.

"연 사매가 왜 너 같은 사파의 인간을 만나는지 모르지만
그만 떨어지는 게 어때?"

청공의 목소리에 담긴 것은 살기였다.

"인연이라는 게 어디 그리 쉽게 되겠나?"

"네놈에게 그녀는 어울린다고 생각하나?"

"그러는 도사에게 어울릴까? 속세에 연을 끊고 선경에 들
어야 할 텐데? 우화등선(羽化登仙)은 해야지?"

진파랑의 말에 청공은 미미하게 고개를 끄덕였다.

"네놈의 각오가 궁금하군."

"무슨 뜻이지?"

진파랑의 물음에 청공은 검을 뽑음과 동시에 앞으로 나섰다.

"연 사매를 위해 목숨을 걸 수 있는 각오."

핏!

섬전 같은 검빛이 삼장의 거리를 좁히고 목을 향했다. 진파랑은 재빨리 도를 뽑으며 검기를 쳐 냈다.

"도사의 각오는?"

팟!

진파랑의 신형이 화살처럼 청공을 향해 날았고 두 사람의 검과 도가 하나처럼 겹쳤다.

따다다당!

금속음이 요란하게 울리는 가운데 청공은 진파랑의 도를 쳐 내는 것이 아니라 마치 흘려보내는 듯했다. 진파랑은 그의 검과 부딪칠 때마다 마치 흐르는 물에 도를 내려치는 것 같은 착각이 들었다. 무당파의 현묘한 검의였다.

따당!

도를 막은 청공의 검은 빙글거리며 미끄러지듯 진파랑의 손목을 찔렀다. 진파랑은 재빨리 검을 쳐 내기 위해 손목을 틀었고 땅 하는 소리가 울렸다. 살짝 튕겨 나간 검은 다시 한 번 진파랑의 어깨를 찔러갔고 진파랑의 도가 그것을 쳐

냈다.

쩡!

금속음이 울렸고 도가 검을 쳐 내는 것 같더니 검면이 살짝 틀어져 도날의 힘을 뒤로 흘렸다.

스륵!

검날이 진파랑의 도날을 반쯤 타고 올라오더니 그의 어깨를 찔렀다.

팟!

어깨의 옷깃이 살짝 베였고 진파랑은 뒤로 오 보나 물러섰다. 그의 표정이 굳어졌다. 그러나 청공의 표정에는 아직 여유가 있었다.

청공의 검에는 마치 눈이 달린 것 같았고 살아 있는 생명체가 검이 되어 붙어 있는 것 같았다.

"검법은?"

"삼재검."

진파랑은 청공의 대답에 고개를 끄덕였다. 평범한 삼재검이라면 이렇게 따갑지는 않을 것이다. 그러나 청공의 손에서 펼쳐지는 삼재검은 어떠한 검법보다 기이했고 까다로웠다.

진파랑은 자존심이 상하는 기분이 들었다. 검법 중에서 가장 기초적인 검법이 삼재검이었기 때문이다. 진파랑은 도를 고쳐 잡았다.

"다시 하지."

"물론."

청공과 진파랑은 연심에 관한 일을 잠시 잊은 듯 지금의 대결에 빠져들고 있었다.

청공은 선인지로의 초식으로 검을 찔렀는데 그 선인지로에 무당의 대표적인 검법 중 하나인 칠성검법의 변화를 숨겨두고 있었다. 하지만 진파랑은 손쉽게 자신의 검로를 모두 막았고 오히려 공격까지 해왔다. 그만큼 실력이 있다는 증거였다.

또한 청공은 태극신공의 흡결과 현결을 모두 구사하고 있었지만 진파랑을 손쉽게 제압할 수 없었다. 당초 그가 머릿속에 그린 것은 연심이 보는 앞에서 그의 도를 하늘 위로 날려버리는 거였다. 그리고 진파랑의 목에 검을 겨누고 사파의 주구라고 욕하려 했었다.

진파랑의 도를 흡결로 잡고 현결로 원을 그리듯 타고 들어가 손잡이를 꺾어 위로 쳐 내는 기술은 청공 스스로가 매우 좋아하는 기술이었다. 승리의 욕구를 충분히 만끽할 수 있는 초식이었다.

하지만 자신의 의도와는 다르게 진파랑은 자신의 공격을 모두 막았고 그 어떤 의도도 그에게 통하지가 않았다.

쉭!

진파랑의 신형이 바람처럼 청공을 향했고 십여 번의 도광이 환영처럼 나타났다. 어둠 속에서도 그의 백옥도는 달빛을 받아 환하게 반짝였다. 청공의 은빛 섬광 역시 달빛에 반사되어 반짝이고 있었다.

창!

검과 도가 비스듬히 부딪쳤고 청공의 검면이 진파랑의 도를 물 흐르듯 받아 넘겼다. 진파랑의 빈틈을 향해 좌장을 뻗은 것도 동시였다. 진파랑의 신형이 흔들리며 우측으로 이 보 정도 움직였다.

쾅!

폭음과 함께 성벽이 청공의 면장을 맞아 부서졌다. 그 사이로 진파랑의 도가 원을 그리며 청공의 가슴을 베어갔다. 청공은 재빨리 검을 들어 진파랑의 도를 흘려보낸 뒤 손목을 꺾어 회전했다.

따다다당!

금속음과 함께 진파랑의 도가 청공의 검력을 이기지 못하고 꺾였다.

"홍!"

도를 무리하게 쥐면 분명히 놓칠 것이다. 엄청난 회전력에 마치 빨래를 짜는 듯한 느낌이 들었다.

파파팟!

진파랑의 오른쪽 소매가 회전과 함께 터져 나갔다. 그 찰나 진파랑은 재빨리 도를 반대로 돌렸다.

따다당!

"헉!"

이번에 놀란 것은 청공이었다. 진파랑이 자신의 검력을 이겨내고 오히려 반대로 쳐 왔기 때문이다. 이건 엄청난 내력이 아니면 불가능한 일이었는데 청공은 반탄강기에 놀라 뒤로 십여 보나 물러섰다.

"아직 멀었어."

쉭!

진파랑의 신형이 바람처럼 청공을 향해 날았으며 그의 도가 수백 개의 그림자와 함께 청공의 전신을 덮쳤다. 혈소풍을 펼친 것이다.

"좋구나!"

청공은 그의 강렬한 도세에 즐겁다는 듯 재빨리 자세를 낮추며 빠르게 발을 움직였다. 그러자 그의 신형이 십여 개나 늘어나며 혈소풍의 도기를 검막으로 막아 넘겼다.

쉬쉬쉭!

바람 소리가 요란하게 들렸으며 청공의 도포 자락이 베여 나갔다. 하지만 청공은 물러섬 없이 혈소풍을 모두 막거나 피하고 있었다. 그 모습에 진파랑은 놀라면서도 여지없이 그의 허리를 베었다.

핏!

백색 선이 마치 아까부터 있던 것처럼 청공의 눈에 보였고 그 찰나 그의 검이 좌우로 갈라졌다.

'이형환위.'

진파랑은 그의 신형이 두 개로 늘어난 것처럼 보였다. 진파랑이 잔상을 벤 직후, 좌우에서 십여 개의 검기가 꽃잎이 휘날리는 것처럼 산개해서 다가오자 그는 놀란 듯 얼굴 앞으로 도를 들어 빠르게 돌렸다.

휭!

강렬한 회오리가 도풍과 함께 펼쳐졌다.

콰쾅!

폭음이 울렸고 진파랑과 청공의 신형이 잠시 떨어지는 것 같더니 다시 붙었다.

따다당!

금속음과 함께 두 사람은 약 삼 보의 거리에서 물러서지 않았다. 진파랑의 백도가 청공의 어깨를 스치는 찰나 청공의 검이 진파랑의 귓불을 스쳤다. 그러던 찰나, 두 사람의 검이 아까처럼 회전하며 허공에서 마주쳤다.

까강!

커다란 금속음이 울리자 두 사람은 뒤로 삼 보씩 물러섰다.

청공은 검을 쥔 오른손을 가볍게 털며 눈살을 찌푸렸다. 자신의 양손 소매에 여기저기 도상의 흔적이 보였고 왼 어깨는 살짝 베인 상태였다.

"강호의 명성은 과장된 게 많은데 네놈은 아닌 것 같구나."

진파랑은 귓불에서 살짝 피가 흘렀고 오른쪽 소매가 터져나가 있는 상태였다. 그는 옆구리의 옷이 잘렸지만 피부가 베인 것은 아니었다.

"입만 살아 있는 도사라고 생각했더니 무당파는 역시 명불허전이야… 놀라워."

피나는 수련을 쌓아온 두 사람이었기에 무공에 대해서는 솔직한 편이었다. 서로의 무공에 대해서는 칭찬을 하면서도 견제하고 있었다.

'달빛도 좋고 날도 선선하니 밤새 싸워도 될 것 같은데…….'

청공은 잠시 망설이는 듯 보였다. 그는 진파랑을 죽이고 싶었지만 그렇게 하기 힘들 것 같다고 생각했다.

"천외성의 마인과 연 사매가 함께 있는 것은 있을 수 없는 일이지. 정마는 세불양립이니 이 싸움은 내가 죽든가 네놈이 죽든가 둘 중 하나는 죽어야 끝날 것이다."

청공은 검을 가슴 앞으로 세우며 날카로운 살기를 보였다. 그의 자세가 바뀌었고 기도조차 물 흐르는 듯 고요하게 바뀌자 진파랑의 표정이 굳어졌다.

'죽음이라…….'

진파랑의 입가에 살짝 미소가 걸렸다. 그 미소에 청공의 눈썹이 꿈틀거렸다.

"네 녀석은 죽음을 경험한 적 있나?"

진파랑은 차갑게 말하며 도를 늘어뜨렸다. 순간 그의 전신에서 무거우면서도 송곳처럼 따가운 기도가 뿜어져 나왔다. 그리고 진파랑의 눈빛도 좀 전과 달리 무겁게 변했다. 마치 죽음을 경험해 본 듯한 그의 눈빛에는 살아 있는 느낌이 없어 보였다.

보통의 사람들이라면 진파랑의 기도를 견디지 못할 것이다. 하지만 청공은 정파에서도 연심과 더불어 최고의 고수라 불리는 인물이었다. 앞으로 강호를 짊어지고 갈 미래라고 불리는 청공은 진파랑의 눈빛에 오히려 전의를 불태웠다.

바람이 불었고 진파랑의 머리카락이 크게 휘날렸다. 청공의 도포 역시 바람을 이기지 못하고 휘날렸다. 조금의 틈만 있다면 금방이라도 움직일 것 같은 두 사람이었고, 활시위가 팽팽히 당겨진 듯한 상태로 둘은 호흡을 멈췄다.

"두 분 다 그만하세요!"

휘리릭!

외침과 함께 성벽을 타고 오르는 여자가 있었다. 그녀는 두 사람의 중간에 내려섰고 화가 난 표정이었다.

"당가에서 손님으로 두 분을 불렀는데 여기서 싸우시면 어떻게 하시겠다는 건가요?"

그녀는 당영영이었다.

"비키시오."

진파랑은 당영영이 끼어들었어도 상관없다는 듯 차갑게 말했다. 청공 역시 그녀는 안중에도 없는 듯 말했다.

"저놈은 천외성의 마인이오. 그러니 당 소저는 상관 말고 물러서시오."

진파랑과 청공이 내뿜는 강렬한 기도를 맨몸으로 받고 있지만 당영영은 당당하게 고개를 들었다.

"정 싸우시겠다면 저를 죽이고 싸우세요."

당영영은 팔짱을 낀 채 고개를 꼿꼿이 쳐들었다. 그녀의 당당함에 청공의 표정이 굳어졌고 진파랑의 눈빛 또한 달라졌다.

실제 당영영은 솜털이 곤두서고 온몸이 긴장된 상태였지만 설마라는 생각으로 버티는 중이었다.

진파랑은 고개를 슬쩍 돌려 연심의 얼굴을 쳐다보았다. 그녀는 살짝 고개를 끄덕였고 진파랑은 곧 도를 도집에 넣었다.

스릉!

그의 도가 도집에 들어가는 소리가 울리자 청공은 검을 거두었다.

"왜 그렇게 말리는 것이오?"

청공의 물음에 당영영은 당연하다는 표정으로 답했다.

"여기가 제 집이라서 그래요."

"어쩔 수 없군."

그녀의 대답에 청공은 짧은 숨을 내쉬었다. 청공은 고개를 돌려 진파랑을 향해 말했다.

"즐거웠네."

청공은 짧게 말한 뒤 성벽을 내려갔다. 그의 신형이 소리 없이 바닥에 닿았고 몰려 있는 사람들은 그가 내려서자 길을 열어주었다.

"휴……."

당영영은 저도 모르게 깊은 한숨을 내쉰 뒤 성벽을 뛰어 내려갔다.

"와아아!"

짝! 짝! 짝!

그녀가 내려서자 사람들이 환호하며 박수를 쳤다. 두 고수의 싸움을 말린 그녀의 모습에 환호한 것이다. 거기다 성도에서 당가의 여자인 그녀를 모르는 사람은 거의 없었다.

"가요."

"그럽시다."

연심의 말에 진파랑은 대답 후 당영영의 뒤를 따라 내려와 걸었다.

"잘 봤소이다!"

"대단하오!"

사람들의 목소리가 크게 울렸고 박수 소리 역시 계속 이어졌다.

방으로 돌아온 당영영은 주변에 아무도 없자 다리에 힘이
빠진 듯 풀썩 주저앉았다.

"죽는 줄 알았네."

깊은 한숨과 함께 고개를 저으며 중얼거린 그녀는 두 사람
의 살기에 진이 다 빠져나간 기분이 들었다.

"내가 미쳤지, 미쳤어……."

좀 전의 상황을 떠올리며 당영영은 자신의 머리를 두드렸
다. 청공과 진파랑의 기도 사이에 서 있을 때 온몸이 떨렸고
긴장이 되어서 말도 제대로 안 나오는 것 같았다. 마치 전신
이 갈가리 찢어져 나가는 기분이 들었다. 하지만 이겨냈다.

스스로에게 자랑스러운 기분이 드는 것도 사실이었다.

"도대체 왜 싸워 가지고……."

당영영은 투덜거리며 차갑게 식어 있는 차를 따라 마셨다.

진파랑과 연심의 뒤를 졸졸졸 따라가던 정혜는 진파랑의
모습을 눈에 담으려는 듯 노려보고 있었다.

당영영이 걱정되는 것도 있었지만 그것보다 진파랑에 대
한 호기심이 더욱 강했다.

"저 도사와는 어떤 관계가 있는 것이오?"

"무당에서 손 한번 섞은 관계일 뿐이에요."

연심은 진파랑의 물음에 아무렇지도 않은 듯 답했다.

"그랬구려."

진파랑은 가만히 고개를 끄덕이며 턱을 쓰다듬었다. 청공에 대한 생각이 갑자기 머릿속에서 떠나지 않았다. 그는 생각지도 못한 불청객이었고 예상치 못한 강적이었다. 무엇보다 연 사매란 그의 말이 머리에서 메아리쳤다.

"신경 쓰이나요?"

연심의 물음에 진파랑은 미소를 보였다.

"연 사매라는 말이 신경 쓰일 뿐이오."

그의 대답에 연심은 살짝 미소를 보였다. 하지만 그 미소는 금세 사라졌고 그녀는 다시 말했다.

"사대문파의 제자들은 서로를 형제처럼 대하고 있어요."

"알고 있소."

"그것뿐이에요."

연심의 대답에 진파랑은 조금 불만스러운 눈빛을 던졌다. 연심이 다시 말했다.

"그것보다 천외성에서 하루라도 빨리 나오는 게 어때요?"

"그럴 생각이오."

진파랑은 당연한 표정으로 답했다.

"사마외도라는 말이 그냥 생긴 것은 아니에요. 청공의 입에서 그 말이 나왔을 때 기분이 나빴어요."

그녀의 말에 진파랑은 슬쩍 미소를 보였다. 자신을 생각한다는 뜻과도 같았기 때문이다. 기분이 좋은 말이었다.

"들어갈게요."

어느새 연심의 숙소 앞까지 걸어온 그들이었다. 진파랑은 그녀의 말에 선선히 손을 들었다.

"편히 쉬시오."

연심은 살짝 고개를 숙인 뒤 안으로 들어갔다. 막 따라 들어가려던 정혜와 신형을 돌리려던 진파랑이 마주쳤다.

"누구세요?"

그녀의 물음에 진파랑은 슬쩍 미소를 던졌다.

"진파랑이오."

"아미파의 정혜라고 해요."

"반갑소이다."

진파랑은 포권하며 다시 대답했다. 정혜가 물었다.

"스승님하고는 어떤 관계예요?"

그녀의 직접적인 물음에 진파랑은 슬쩍 문 안으로 사라진 연심의 뒷모습을 찾으려고 고개를 돌렸다.

"늘 뒷모습만 바라 봤던 사람이었으나 이제 마주 볼 관계지요."

그의 대답에 정혜는 무슨 뜻인지 잘 이해가 안 간다는 듯 고개를 갸웃거렸다.

"그러니까 스승님을 좋아하시는 거죠?"

정혜의 물음에 진파랑은 웃으며 고개를 끄덕였다.

"물론이오."

"그럴 줄 알았어요."

"들어오거라."

막 웃음을 보이던 정혜는 연심의 목소리에 얼른 문 안으로 들어갔다. 들어가면서 진파랑에게 인사하는 것은 잊지 않았다.

그녀가 들어가는 모습을 보던 진파랑은 곧 자신의 방으로 걸음을 옮겼다. 왠지 속이 시원해지는 그런 기분이 들었다.

第六章
구석진 마음

진가도

다음 날 아침 일찍 성도에서 출발하는 당가의 마차 두 대가 있었다. 앞서 달리는 마차에는 당영영과 연심, 정혜가 앉아 있었다.

당영영은 어제의 기억 때문에 그런지 잠을 제대로 못 잔 얼굴이었다. 그녀는 아직도 어제의 일이 떠오르는 듯 두근거리는 심장을 부여잡고 있었다.

"당 사저."

"응?"

정혜가 부르자 문득 정신을 차린 그녀였다.

"어디 아프세요?"

그녀의 물음에 당영영은 고개를 저었다.

"아니야, 그냥 심란해서 그래."

그녀의 말에 연심이 조용히 말했다.

"두 사람의 기운을 동시에 받았으니 심신이 약해질 수밖에 없다. 심호흡을 하면서 안정을 찾고 도착하면 내상약을 먹고 운기를 하거라."

"예."

연심의 말에 당영영은 고개를 끄덕였다. 연심은 곧 눈을 감았다.

뒤의 마차에도 세 명이 앉아 있었는데 당이성과 청공, 그리고 진파랑이었다.

"음……."

당이성은 마차 안의 차가운 공기에 저도 모르게 침음을 흘리며 입을 다물고 있었다. 진파랑과 청공은 팔짱을 낀 채 앉아 있었는데 둘 다 눈을 감고 있었다. 서로에게 할 말이 없는 듯했지만 두 사람의 기도가 마차 안에서 회오리치는 것 같았다.

당이성은 난감한 듯 창밖으로 시선을 던지며 어서 빨리 집에 도착하기를 바라고 있었다. 질식할 것 같은 기분이었기 때문이다.

어색한 시간이 계속 흘러가고 있었다.

쿵!

바퀴가 큰 돌에 걸린 듯했고 마차가 크게 흔들리자 진파랑과 청공이 동시에 눈을 떴다. 당이성이 놀라 저도 모르게 중얼거렸다.

"아니, 길을 잘 보고 달릴 것이지. 쯧!"

그것이 마차 안에서 처음으로 나온 말이었고 대화의 시작이었다.

청공은 가만히 진파랑을 쳐다보았고 진파랑 역시 그의 시선을 회피하지 않았다. 두 사람의 시선이 좁은 공간에서 마주친 채 강렬한 신광을 발하고 있었다.

"무공은 어디서 배웠지?"

청공의 물음에 진파랑은 고개를 저었다.

"알리고 싶지 않군."

그의 대답에 청공은 피식거리며 고개를 돌려 창밖을 쳐다보았다. 진파랑도 시선을 돌려 창밖을 쳐다보았다. 넓은 논이 그들의 눈에 들어왔다.

덜컹! 덜컹!

마차가 흔들릴 때마다 세 사람의 신형도 흔들리고 있었다.

"네가 생각하는 정과 사는 무엇인지 궁금하군?"

"질문할 게 그렇게 없나? 쓸데없는 것을 묻는군."

"정파의 제자들은 어떤 생각을 가지고 있는지 궁금해서 묻는 것뿐이네."

진파랑의 말에 청공은 잠시 생각하는 듯 턱을 쓰다듬었다.

"오랜만에 듣는 말이야."

청공은 어릴 때 수도 없이 듣던 스승님과 사숙들의 대화들을 떠올렸다. 현문 형식의 말들이 많아 이해하기 어려웠지만 대충 알아들었다고 생각했다.

"정의를 실현하기 위해 무엇을 해야 할까? 약자의 편에 서서 검을 들고 힘없는 자들의 목소리가 되어주기 위해 무공을 수련했다고 할까? 평의한 정답은 늘 같아. 정(正)은 올바르며 거짓이 없고, 강(强)에 굴복하지 않으며 굳센 마음으로 세상을 바로잡기 위해 노력하지."

진파랑은 그저 묵묵히 고개를 끄덕였고 당이성은 흥미로운 듯 눈을 반짝였다. 청공은 다시 말했다.

"사(邪)는 자기 자신을 위해 남을 죽이며 옳지 못한 일을 하면서 쾌락을 얻고, 바르지 못한 일을 하면서 바르다고 떠드는 거짓을 뜻하지."

"평범하군."

진파랑은 그의 대답에 자신도 모르게 중얼거렸다. 청공은 고개를 끄덕이며 다시 말했다.

"나 역시 처음 강호에 나올 땐 어릴 때부터 들어왔던 세상의 도리를 다하기 위해 검을 들어야 한다고 생각했지. 순수했다고 해야 할까? 하지만 강호의 때가 묻으면서 생각도 바뀌더군."

"그래서 지금은 다르다는 뜻인가?"

청공은 미소로 답했다.

"다르지."

"궁금하군."

"답이 없어. 세상에 답은 존재하지 않아. 그게 내 생각이지. 그리고 내가 정의를 추구하면 그게 곧 정의가 되는 것이고 내가 바르면 세상이 바르게 되는 거다. 내가 정의라고 생각해서 검을 들면 그게 곧 정의가 되겠지."

청공의 대답에 진파랑은 자신도 모르게 소리 내어 웃었다.

"재미있는 친구로군."

청공은 진파랑의 말에 살짝 미간을 찌푸렸다.

"우린 친구는 아니지 않나?"

"그렇지."

진파랑은 미소를 보였다. 청공은 팔짱을 끼며 말했다.

"비록 강호에서 활동을 왕성하게 했다고 하나 천외성에 몸을 담고 있는 이상 네놈은 사파인이 될 수밖에 없어, 그런데 왜 네놈의 무공에선 정파의 냄새가 나는 걸까? 궁금하군."

"내 마음이 정의로워서 그런 게 아닐까?"

"풋! 하하하하!"

청공이 소리 내어 크게 웃었다. 진파랑의 가벼운 농이 꽤나 즐거운 듯 보였다.

"이 친구 재미있는 사람이로군."

청공은 저도 모르게 웃으며 중얼거렸다. 그는 곧 궁금한 표정으로 물었다.

"네가 생각하는 정사는 무엇인가?"

"정은 약속을 잘 지키는 것이고, 사는 약속을 안 지키는 것."

"간단명료해서 좋군."

청공은 공감이 간다는 듯 고개를 끄덕였다. 진파랑은 다시 말했다.

"정말 나를 기억 못 하는 모양이군?"

"……?"

청공의 표정이 굳어졌다.

"악가에서 잠깐 비무를 했었지."

"악가라면 꽤 오래전이라… 우리가 한번 겨룬 적이 있었나?"

"그때는 내가 호되게 당했지."

"그렇다면 좋은 일이었군."

청공은 미소를 보이다 순간적으로 머리를 스치는 기억에 미간을 찌푸렸다. 연심의 품에 안겨 쓰러지던 그의 모습이 뇌리를 스친 것이다. 그때의 연심의 얼굴은 차가운 얼음 그 자체였다. 그녀의 그런 얼굴을 잊은 적은 없지만 그와 함께 있었던 희미한 안개 같은 존재에 대해선 잊고 있었다.

"우리가 그런 인연이 있었다니 의외로군."

청공은 다시 말하며 팔짱을 끼고 창밖을 쳐다보았다. 마차
는 하염없이 계속 가고 있었다. 눈에 보이는 것은 푸른 초원
같은 논이었고 일하는 사람들도 간간이 보였다.

"세상은 변하지 않는데 사람은 변하지."

청공은 처음 강호에 나올 때와 지금의 자신이 너무 달라진
것 같아 중얼거렸다. 많은 일을 경험하다 보니 성격도 변한
것 같았다. 그게 아니라면 지금의 모습이 본래의 자신일지도
모른다고 생각했다. 무당이란 그늘에 가려 본래의 자신을 잊
어버리고 살았다고 생각했다.

진파랑이 말했다.

"무당의 면장이 천하일절이란 소문은 많이 들었지만 직접
맞고 나니 실감이 나더군."

"면장에 당한 모양이군?"

진파랑은 청공의 말에 고개를 끄덕인 뒤 다시 말했다.

"꼴사나운 모습을 보였는데 기억을 못 한다니 다행이야."

청공은 슬쩍 미소를 보이다 곧 눈을 감고 잠을 청했다.
진파랑도 할 말이 없는 듯 청공과 같은 자세로 잠을 청했
다.

정오가 다 되어서야 당가에 도착한 일행들은 안내를 받고

움직였다. 진파랑은 당가 주변으로 수많은 사람이 오가는 모습을 바라보았다. 붉은 등은 마을 전체에 걸려 있었는데 당가 안쪽까지 이어져 있었다.

당안과 모용선의 혼인이 사실이란 것을 실감할 수가 있었다.

그날 저녁 진파랑은 여러 사람들을 만날 수가 있었다. 모용선을 직접 만날 수는 없었지만 모용도와도 인사를 나눴고 당안과도 만났다.

당안은 굉장히 경직된 얼굴로 지금 이 시간이 어떤 시간인지 인지를 못 하는 것 같았다. 얼이 빠져 있는 얼굴이었고 자신이 무슨 말을 하는지도 모르는 듯 보였다. 상기된 그의 얼굴은 그저 기쁨으로 물들어 있을 뿐이었다.

진파랑은 남궁세가의 사람들도 만났고 은성세가의 사람들도 만났다. 그러나 천문성의 사람들이 지나갈 때는 일부러 자리를 피했다.

독선문의 사람들도 온다고 했지만 아직 만나지는 못하고 있었다.

당가의 커다란 정원은 많은 사람들에게 개방되어 있는 상태였다. 밤이 되도록 그곳에는 많은 사람들이 오갔고 여기저기 즐거운 웃음소리와 이야기들이 끊임없이 이어지고 있었다.

커다란 호수를 사이에 두고 천천히 걸으며 사람들의 모습을 바라보던 진파랑은 눈앞에 보이는 의자에 앉았다.

타탁! 팡! 팡! 타타닥!

멀리서 폭죽 터지는 소리가 들려왔다. 그 소리를 들으며 호수를 보던 진파랑은 문득 자신이 살던 세계와 동떨어진 세상에 살고 있는 것 같은 착각이 들었다.

이곳은 평화로웠고 사람들이 웃고 떠들며 시간을 보내는 곳이었다. 자신이 모르는 세상에 온 것 같은 이질감이 들었다.

"오랜만이군."

들려오는 말소리에 고개를 돌리자 진파랑의 눈에 익은 인물이 서 있었다. 백의를 입은 그는 짧은 수염을 기른 운강이었다.

운강은 천천히 걸어와 진파랑의 옆에 앉았다.

"자네도 나처럼 적응이 안 되는 밤을 보내는 모양이군."

운강은 무덤덤한 표정으로 말했다.

"그런 것 같소."

진파랑은 호수를 바라보며 대답했다. 호수의 수면 위로 흔들리는 달이 떠 있었다.

"이방인이 된 기분인가?"

"아무래도 이런 분위기는 내게 어울리는 것 같지 않아서 그러오."

"하긴… 나도 어색한 건 마찬가지라네."

운강은 조용히 말한 뒤 씁쓸한 표정으로 다시 입을 열었다.

"이곳에 오기 전까지 내 검은 늘 피를 머금고 있었네."

"천문성과의 싸움이오?"

"긴 싸움이지."

운강은 고개를 끄덕였다. 진파랑은 이곳에 오면서 운중세가와 천문성이 대대적으로 싸우고 있다는 소식을 들었었다. 그런 가운데 운강이 운중세가를 대표해서 당가로 온 것이다.

"몇 명을 죽였는지 몰라."

"천문성에 몸을 담았던 몸이라 그 말을 들으니 기분이 묘하고 복잡하오."

"맞아. 자네는 천문성의 무사였었지."

운강은 처음 진파랑을 만났을 때 그 강렬한 기억을 떠올렸다.

"천문성은 여전히 자네처럼 끈질긴 무사가 많아."

"그래서 강성한 힘을 가지고 있지 않소?"

"그리고 자네는 그곳과 싸우는 중이고."

운강의 말에 진파랑은 말없이 고개만 끄덕였다. 그의 굳은 표정이 복잡한 마음을 대변해 주고 있었다.

"천문성에서 도망쳐 왔던 자네의 모습이 아직도 눈에 선하군."

진파랑은 그의 말에 천문성에서 누명을 쓰고 도망치던 그날의 기억을 떠올렸다. 만약 운강의 도움이 없었다면 멀리 도망치지도 못하고 죽었을 것이다. 분명 그에게 운강은 생명의 은인이었다. 또한 지금의 자신을 있게 해준 장본인이라 할 수 있었다.

그가 기회를 주었고 그 기회가 없었다면 그의 인생은 짧게 마감했을지도 모른다.

"본 가와 천문성의 싸움에 들어올 생각은 없나? 어차피 우린 같은 적을 두고 있지 않은가?"

진파랑은 운강의 말에 거절할 명분이 없다는 것을 알았다.

"운 형이 부탁한다면 당연히 도울 것이오."

"시원한 대답이군."

운강은 다행이라는 듯 미소를 보였다.

"본 가로 오게나. 기다리고 있겠네."

"당장은 천외성의 일이 먼저이기에 그 일이 마무리되면 운 가로 가겠소이다."

"천외성의 일이 빨리 마무리되면 좋겠군."

운강의 말에 진파랑은 운중세가가 크게 위험한 것으로 보였다.

"많이 위험한 모양이오?"

운강은 진파랑의 물음에 진중한 표정으로 고개를 끄덕였다.

"사실 이곳에 올 여유도 없는데 모용세가의 일이라 온 것이네."

사대세가가 서로 형제처럼 의지하고 있다는 것은 예전부터 알고 있던 사실이었다.

"내일 아침 바로 떠날 생각이네."

운강의 말이 다시 들렸다.

"아침에 말이오?"

"한시가 급하니 바로 돌아가야지."

운강은 근심스러운 눈빛을 던지며 대답했다.

본래 이긴 사람은 패한 사람에 대한 기억을 간직하지 않는다. 단지 눈에 띄는 강자라면 기억을 할지도 모른다.

술상이 앞에 놓여 있었지만 청공은 술을 입에 대지도 않았다. 단지 차만 마실 뿐 마치 석상이라도 된 것처럼 앉아 있었다.

그의 앞에는 악무루가 앉아 있었다. 악가에서 먼 이곳까지 여행 삼아 내려온 그였다.

"운중세가가 위험할지도 몰라."

악무루의 말에 생각에 잠겨 있던 청공은 눈을 반짝였다.

"그렇군."

짧게 대답했다.

"자네의 얼굴에 웃음이 사라진 것 같아 많이 걱정되네."

악무루는 청공의 표정이 과거와 달리 탁해 보인다고 느꼈다.

"걱정 말게."

청공은 다시 짧게 대답했다. 악무루는 그런 그의 모습에 짧은 한숨을 내쉬었다. 강호에 처음 나왔을 때의 그의 모습과 지금의 모습은 상당히 달라져 있었다. 그러한 변화는 누구나 겪는 일이었다.

악무루는 그가 강호에서 꽤 많은 일을 경험했을 거라 여겼다. 아마 무당파의 일도 한몫했을 것이다. 장문인이 의문의 죽음을 당하고 문파 내에 암투가 있었다는 소문이 돌았었다. 그러한 상황을 지켜봤던 청공이었다.

지금 그에게 외부의 일이 눈에 들어오지는 않을 것이다.

악무루는 청공의 눈이 빈 허공을 응시하자 궁금한 얼굴로 물었다.

"무슨 생각을 그리 깊이 하는가?"

"과거를 떠올렸네."

"과거라… 무슨 과거를 말인가?"

청공은 그의 물음에 슬쩍 미소를 보였다.

"과거에 이름 모를 고수와 손을 나눈 적이 있었지. 그 기억을 떠올렸네."

"이름 모를 고수라… 자네가 기억을 떠올릴 정도라면 대단한 고수겠군."

청공은 고개를 끄덕였다. 그는 곧 차를 한 모금 천천히 마시더니 굳은 표정을 보였다.

"도대체… 그자에게 무슨 일이 있었던 것일까?"

가만히 중얼거리는 청공이었다. 그는 요 몇 년 사이에 급성장한 진파랑의 무공을 떠올렸다. 그의 무공은 자신과 비슷하거나 그 이상일지도 모른다고 생각되었다.

악무루의 입가에 미소가 걸렸다.

"도대체 자네는 무슨 일을 경험한 것인가?"

악무루의 물음에 청공은 곧 짧은 한숨을 내쉬었다. 그는 고개를 저으며 말했다.

"스승님이 돌아가시고 사형제들의 권력 다툼을 보게 되니 내가 왜 도가의 사람이 되었는지 회의를 가지게 되었네. 그뿐일세."

악무루는 고개를 끄덕이며 술을 마셨다. 그는 곧 술잔을 내려놓으며 말했다.

"현기(玄氣)가 줄어 속인처럼 보이는군."

"마음에 심마(心魔)가 들어 그런 것이네."

"연심인가?"

"연심이네."

청공의 대답에 악무루는 조용히 빈 술잔에 술을 따랐다.

"정을 배웠군."

그의 잔잔한 목소리가 울렸고 청공은 입을 다물고 다시 차를 따라 마셨다. 악무루가 다시 술을 한 잔 마셨다. 진한 주향이 코를 간지럽혔고 절로 기분이 좋아졌다.

"확실히 심마가 들었군. 하나 자네라면 정리를 할 것이네."

"그렇게 보이나?"

악무루는 청공의 물음에 고개를 끄덕였다.

"왜냐하면 자네는 타고난 무인이기 때문이네."

그의 대답에 청공의 입가에 가느다란 미소가 걸렸다.

당안과 모용선의 혼인식은 성대하게 치러졌다. 둘의 모습을 멀리서 보던 진파랑은 조용히 발걸음을 밖으로 돌렸다.

두 사람의 혼인식을 보았으니 이제는 돌아가야 했다.

당가의 정문으로 오가는 사람들 틈으로 빠져나온 진파랑은 잠시 걸음을 멈췄다. 그의 눈에 연심의 모습이 보였다. 그녀는 그가 떠날 것이란 사실을 알고 있는 사람처럼 그곳에 서 있었다.

진파랑은 그녀에게 다가갔다.

"아미산에서 기다리겠소?"

"그럴게요."

연심의 대답에 진파랑은 미소를 보였다. 두 사람은 입을 열지는 않았으나 시선으로 무수히 많은 말을 나누었다. 그저 시선만으로도 충분했다.

잠시 그렇게 서로를 보던 두 사람은 가까이 다가오는 발소리에 시선을 돌렸다. 청공이었다. 그는 잠시 두 사람을 쳐다보다 연심에게 포권했다.

"다음에 봅시다."

연심은 대답 없이 고개를 끄덕였고 청공은 진파랑을 슬쩍 보더니 그를 지나쳐 갔다. 그가 멀어지는 모습을 진파랑은 물끄러미 바라보았다.

그 눈빛에는 열망이 있었다.

"나이를 먹은 것 같소."

"왜 그런가요?"

연심의 물음에 진파랑은 짧게 자란 수염을 만지며 입을 열었다.

"과거에는 고수를 만나면 호승심이 생겼고 이기고 싶다는 열망이 가득했는데 요즘은 그런 느낌이 줄었소. 그저 흘러가는 대로 흘러가고 싶다는 마음이오."

"그건 높은 산에 올랐기 때문이에요."

그녀의 대답에 진파랑은 정답을 얻은 듯 눈을 반짝였다.

"높은 산이라… 흔히들 고수들은 고독하다고 하던데 나도 그런 느낌을 느낀 것이오?"

"아직은 일러요."

연심의 대답에 진파랑은 가볍게 웃었다. 그리고 문득 여원하가 했던 말이 떠올랐다.

'우린 같은 시간에서 살고 있다.'

그녀의 그 말은 여전히 머리에 남아 있었고 그 시간에 자신이 들어갔다는 것도 알고 있었다. 그리고 연심 역시 그곳에 있었다. 그렇다면 청공은 그곳에 있을까? 답은 아직 '모른다' 였다.

"당 부인에게 안부 전해주시오."

진파랑의 말에 연심은 빠르게 대답했다.

"놀러 오라고 하네요."

그녀의 대답에 진파랑은 고개를 끄덕였다. 연심은 모용선이 했던 말 중에 하나를 빼고 대답했다. 그것은 '함께' 였다.

"가보겠소."

연심은 말없이 고개만 끄덕였다. 진파랑은 아쉬운 듯 잠시 연심을 쳐다보다 곧 무겁게 발걸음을 옮겼다.

그가 멀어지는 모습을 잠시 쳐다보던 연심은 조용히 안으로 향했다. 정문에서 기다리던 정혜는 연심이 다가오자 얼른 그녀의 옆에 붙었다.

"무슨 대화를 하신 거예요?"

연심은 슬쩍 정혜에게 따가운 시선을 던지고 말없이 안으로 향했다. 그러자 정혜의 입술이 튀어나왔다.

마을 밖으로 나온 진파랑은 천천히 대로를 따라 걷고 있었다. 한참을 걷자 사람들의 모습을 찾아볼 수 없게 되었다. 넓은 논에 간혹 사람들의 모습이 보였지만 그 정도뿐이었다.

뜨거운 오후의 햇살을 받으며 걷던 진파랑은 나무 그늘 아래에 서 있는 청년을 발견하고 저도 모르게 입가에 미소를 걸었다.

팔짱을 낀 채 나무에 등을 기대고 서 있던 청공은 진파랑이 다가오자 감은 눈을 떴다. 진파랑은 잠시 그에게 시선을 던지다 곧 다시 길을 걸었고 청공은 팔짱을 풀고 그늘에서 나와 진파랑의 옆에 서서 함께 걸었다.

둘은 말없이 그저 조용히 길을 걸었다. 간간이 불어오는 바람 소리와 두 사람의 발소리만이 드넓은 대지에 작은 소음을 만들고 있었다.

드넓은 들판에 두 사람의 그림자가 서 있었다. 둘은 삼 장의 거리에서 마주 보고 서 있었다.

슥!

청공은 어깨에 걸린 검을 풀어 왼손에 쥐더니 검의 손잡이를 오른손으로 잡았다. 진파랑 역시 도의 손잡이를 잡았다.

둘의 어깨가 불어오는 바람에 미세하게 흔들리는 것 같았다.

따다다당! 까강! 챙!

요란한 금속음과 불꽃이 두 사람 사이의 허공에서 마치 거짓말처럼 튀어나왔다. 검의 그림자도 도광도 없었다. 두 사람의 손이 움직이는 것조차 보이지 않았지만 소리가 울렸고 불꽃이 튀었다.

두 사람은 미동조차 없었으며 여전히 같은 자세로 서 있었다. 단지 그들 사이의 공간만이 일그러지는 것 같았다.

바람이 불어와 잘려 나간 풀잎들을 저 멀리 날려 보냈다. 두 사람 사이에 사람이 있었다면 어떤 모습이 되어 있을까? 분명히 수십 조각으로 잘려 나갔을 것이다.

간혹 어떻게 죽는지조차 모르고 죽는 경우가 있었다. 무림에선 그러한 일들이 비일비재하다고 하는데 이 두 사람이라면 충분히 그런 사건을 일으킬 능력이 되었다.

"오늘은 좀 따갑군."

"난 사파인들에게 친절하지 않지."

진파랑의 말에 청공은 검을 뽑았다.

스릉!

검집에서 흘러나오는 소리에 진파랑 역시 도를 뽑아 들었다. 청공은 검집을 옆에 내려놓았고 진파랑 역시 검집을 발밑에 떨궜다.

"연심 때문인가?"

진파랑의 물음에 청공은 잠시 고민하는 눈빛을 던졌지만 고개를 저었다.

"내 피가 애정에 대해 뜨거운 것은 사실이나 그것뿐, 내 피를 더욱 뜨겁게 달구는 것은 무공, 그 순수함이지."

청공의 말을 이해할 수 있는 진파랑은 미소를 보였다.

"마치 속인처럼 말하는군."

"여긴 무당산이 아니네."

청공의 대답에 진파랑은 고개를 끄덕이며 도를 어깨 높이까지 들었다.

"초식을 겨루는 것인가, 아니면 생사(生死)를 논하는 건가?"

진파랑의 물음에 청공 역시 검을 어깨 높이로 들었다.

"초식을 논하지."

진파랑은 애초에 청공에게 살기가 없다는 것을 알고 있었다.

그는 자신이 당가에서 나올 때 청공이 기다릴지도 모른다고 생각했었다. 그의 기도가 강하게 자신을 원한다고 말했기 때문이다. 그것은 적대감이 아닌 순수한 욕망이었다.

진파랑이 입을 열었다.

"내가 지금까지 살면서 잊지 못할 사건이 몇 개 있었는데, 그중에 하나가 바로 마 소저의 입에서 패배했다는 말을 들었을 때와 어검술을 보았을 때였지."

청공의 입가에 미소가 걸렸고 진파랑은 다시 말했다.

"산 밖에 또 다른 산이 있고 하늘 위에 다른 하늘이 있다는 말을 알게 되었지. 그리고 전설상에 존재하는 무공들이 실제로 존재한다는 것을 믿게 되었네."

청공은 진파랑의 투기가 강해지고 있다는 것을 알고 있었다. 진파랑의 목소리가 다시 울렸다.

"청공 형을 이기고 싶소."

진파랑의 말투가 바뀌고 흘러나오는 기도는 단단하게 변했다. 진파랑의 모습에 청공은 어릴 때의 자신을 보는 것 같은 착각이 들었다. 그때는 올라갈 곳이 너무 높아 행복했었다.

"자넨… 행복한 사람이군."

청공의 말이 끝남과 동시에 두 사람의 신형이 움직였다.

진파랑은 처음부터 혈소풍을 전개하며 앞으로 나아갔다. 그의 도가 백여 개의 도기를 그물처럼 그려내자 허공중에 백색 운무가 짙게 깔린 것 같았다.

하나의 가느다란 선들이 모여 운무를 만든 것이다. 예리한 칼날을 머금은 도기가 밀려오자 청공은 처음부터 오행검법(五行劍法)을 펼쳤다. 강호에 나와 처음부터 오행검법을 펼친 상대는 불과 두 명이었고 지금이 세 명째였다.

진파랑의 도법이 금강석과도 같았기에 그는 토검을 펼쳤

다. 제운종과 함께 펼친 토검의 무거움이 마치 진파랑의 혈소풍을 눌렀다.

쿵!

강렬한 은빛 섬광과 함께 거대한 막이 진파랑의 도기를 모두 막아내었다. 공세로 전환한 청공의 검이 번개처럼 날아들었다. 진파랑은 청공의 검이 먹이를 노리는 맹수처럼 목을 찔러오자 재빨리 좌측으로 한 보 이동하며 반원을 그리듯 검을 흘렸다. 그 모습에 청공은 뒤로 한 보 물러나 어느새 목을 자르는 진파랑의 도기를 피했다.

"유종보?"

진파랑은 고개를 저었고 다시 발로 반원을 그리며 청공의 가슴으로 도를 베어갔다. 사선으로 내려오는 도를 다시 반 보 이동해 피한 청공은 금세 진파랑의 도가 더욱 앞으로 나와 위로 쳐 올라오자 미소를 보이며 비스듬히 앞으로 이동했다.

핏!

도가 청공의 신형을 스쳤고 검이 복부로 빠르게 들어왔다. 진파랑이 뒤로 미끄러지듯 반원을 그리며 물러섰다.

"화산의 회선보로구나."

청공은 진파랑이 유려하게 피하는 모습에 눈을 반짝였다.

쿵!

땅을 힘껏 밟은 청공의 신형이 환상처럼 진파랑의 코앞에 나타났다.

"화산의 누구에게 배웠느냐?"

쉭!

검빛이 진파랑의 미간으로 향했다. 피하기 어려운 방향이었지만 진파랑은 다시 한 번 빠르게 회전하며 오히려 청공의 뒤로 움직였다. 그사이 반월형의 도기가 청공의 어깨와 허리로 향했다. 그가 청공의 공격을 피하며 오히려 공격을 한 것이다.

청공은 신형을 천천히 돌리며 가볍게 검을 들어 진파랑의 도기를 막았다. 유형의 백색 도기가 청공의 검날에 마치 안개가 흩어지듯 사라졌다. 너무 쉽게 막았고 또 너무 쉽게 피하는 두 사람이었다.

청공은 천천히 움직이는 것 같았지만 실제 그 움직임은 폭풍을 안고 있는 사람처럼 보였다. 언제라도 틈이 생긴다면 폭풍이 될 것이다.

진파랑은 신형을 멈추는 듯하더니 반대로 반 바퀴 돌며 혈소풍을 펼쳤다. 구층연심공의 오층까지 내력을 끌어 올려 펼친 혈소풍은 쉬아악! 거리는 강한 바람 소리와 함께 청공을 향해 밀려 나갔다.

진파랑의 신형이 흔들리듯 보였고 밀려오는 혈소풍의 강한 도풍에 발밑의 풀이 잘려 나갔다.

청공은 재빨리 검을 뻗어 돌리며 태극기공을 펼침과 동시에 이화접목을 시전했다. 그러자 혈소풍의 강한 도풍이 휘날리는 풀잎과 함께 그의 검 끝으로 몰려들었다.

청공은 검을 우측으로 뻗었고 강한 돌풍이 옆으로 휘어 나갔다. 그 모습에 진파랑의 표정이 굳어졌다. 자신의 혈소풍이 청공의 검에서 옆으로 밀려 나갔기 때문이다. 도풍의 방향을 바꿔 버린 것이다.

쉭!

진파랑은 기다리지 않고 구층연심공을 칠층까지 끌어 올려 강마풍을 펼쳤다. 강력한 도광과 함께 휘몰아치는 파도는 청공의 눈을 가득 메웠다. 하지만 청공의 표정은 변화가 없었으며 오히려 기다렸다는 듯이 앞으로 검을 뻗었다. 순간 그의 검이 강렬한 빛을 발했다.

쾅!

다각! 다각!

수십 필의 말들과 마차들이 대로를 천천히 이동하고 있었다. 그들의 가장 앞 선두에는 악무루와 모용도가 말머리를 함께하고 있었다.

"운중세가와 천문성의 싸움이 심화되고 있는데 모용세가는 나서지 않을 것이오?"

"회의 중이니 조만간 결정이 나겠지요. 사대세가는 혈맹이나 마찬가지니 분명히 나설 것이오."

악무루는 모용도의 대답에 강남이 크게 요동칠 것이라 생각했다.

"남궁세가도 나선다면 천문성도 물러설 것이오."

모용도가 다시 말하자 악무루가 고개를 갸웃거렸다.

"글쎄… 과연 그럴지……."

"무슨 뜻이오?"

악무루는 붉은 입술을 훔치며 손을 저었다.

"천문성이 남궁세가가 나선다고 해서 그만둘 것 같지 않아서 하는 말이오."

"이유가 있소?"

"위로는 운중세가를 노리고 있으며 아래로는 독선문을 노리고 있소. 그렇다는 것은 곧 강남을 통일하겠다는 굳은 의지가 아니고 무엇이겠소? 그다음은… 위로 올라올 것이오."

악무루의 말에 모용도의 표정이 굳어졌다. 그의 말은 무서운 소리였다.

"강남 통일이라… 그런 야욕이 있을 것이라 생각지는 않소이다."

"이미 싸움은 시작되었소."

악무루의 말에 모용도는 깊은 숨을 내쉬었다. 그때 저 멀리서 쾅! 콰쾅! 거리는 폭음이 들려왔다. 작은 소리였지만 분명히 폭음이었고 병장기 부딪치는 소리까지 희미하게 들리고 있었다.

악무루와 모용도의 시선이 중간에 마주쳤다.

쉬쉬쉭!

은빛 검기가 마치 채찍처럼 진파랑의 전신을 난자하듯 휘몰아쳤고 진파랑의 도광은 청공의 검기를 막고 있었다.

따다다당!

금속음과 함께 청공은 앞으로 전진했고 진파랑은 뒤로 밀려 나가고 있었다. 두 사람의 신형이 직선으로 움직였다.

"조심하게."

청공의 여유 있는 목소리가 들렸고 진파랑의 입가에 미소가 걸렸다. 그의 기도가 강한 투기를 발산하기 시작하자 도세가 변했다.

깡!

금속음이 강하게 일어났고 검기가 산산이 흩어졌다. 청공이 도력을 높인 것이다. 그러자 진파랑의 신형이 멈춰 섰고 청공도 곧 멈춰야 했다.

까강!

금속음과 함께 검기가 조각나 사라지자 오히려 진파랑의 도기가 강한 빛과 함께 휘몰아쳤다. 혈소풍을 연속적으로 펼친 것이다.

파파팟!

허공중에 일어난 강렬한 도풍이 청공을 집어삼킬 듯 밀려왔고 그 뒤로 강한 도강이 파도처럼 쏟아져 왔다. 강마풍을 펼친 것이다.

쾅!

도풍을 밀어낸 청공의 신형이 뒤로 밀려 나가는 듯하더니 은빛 섬광이 번개처럼 앞으로 뻗어나갔다.

콰쾅!

폭음과 함께 강렬한 바람이 사방으로 휘몰아쳤으며 진파랑의 신형이 뒤로 밀려 나갔다. 그사이 청공의 신형이 독수리처럼 위로 떠올랐고 그의 머리 위로 은빛 섬광이 잠시 어른거리다 땅으로 폭사했다.

쉬쉬쉭!

환상처럼 백여 개의 검빛이 소나기처럼 날아들자 진파랑은 재빨리 몸을 돌리며 허공중에 천풍육도의 삼초인 십살풍(十殺風)을 펼쳤다.

교차되어 올라가는 십여 개의 열십자 도강과 떨어지는 소나기가 부딪치자 작은 소음과 함께 빛이 흩어지고 있었다. 청풍의 신형이 좌우로 움직이는 듯하더니 어느새 뒤로 십여 장이나 날아가 땅에 내려섰다. 하지만 그의 신형은 환상처럼 흔들리며 사라졌다.

쉭!

빛 덩이가 번개처럼 진파랑의 가슴으로 날아들었다. 오행검법의 화결과 어검술을 동시에 펼친 한 수였다.

진파랑의 눈에 어느새 가슴 앞까지 다가온 은빛 섬광이 보여 회선보를 밟으며 재빨리 쳐 냈다.

쾅!

"흠!"

진파랑의 신형이 강한 충격을 이기지 못하고 급박하게 회전하며 우측으로 삼 장이나 밀려 나갔고 허공중에 떠오른 검은 청공의 손으로 빨려 들어갔다.

검을 손에 쥔 청공은 인상을 찌푸린 채 진파랑을 노려보고 있었다. 그의 왼 볼에 살짝 혈흔이 보였고 붉은 피 한 방울이 흘러내렸다. 청공은 왼손으로 볼을 만지며 말했다.

"초식만 겨루기에는 시간이 아깝지 않나?"

피가 끓어오르는 기분은 매우 오랜만에 느끼는 청공이었다. 두근거리는 심장의 박동 소리가 전신을 자극하고 있었다. 얼마 만에 맛보는 긴장감인지 모른다. 그런 마음에 청공은 절로 투기를 발산하기 시작했다.

"끝을 보겠다면 그것도 나쁘지는 않지."

진파랑은 슬쩍 오른손을 들어 보였다. 그의 팔뚝에서 흘러나온 핏방울이 도를 쥔 손을 적시고 있었다. 하지만 그 따끔함과 쓰라림이 오히려 그의 정신을 맑게 해주고 있었다.

똑!

도신을 타고 흘러내린 핏방울 하나가 땅바닥으로 떨어져 내렸다. 진파랑의 미간에 살기가 걸렸고 청공의 눈망울이 맑게 빛나기 시작했다.

짝! 짝! 짝!

"이야아! 이런 외진 곳에서 그 유명한 청공 형과 진 형을 보게 될 줄은 몰랐소이다. 이 악 모는 정말 행운아인 것 같소이다! 하하하하!"

호탕한 목소리와 함께 악무루가 십여 장의 거리에서 천천히 걸어오고 있었다. 진파랑과 청공은 이미 악무루와 모용도의 접근을 알고 있었다. 하지만 자신들의 싸움에 끼어들 거란 생각은 하지 못하고 있었다.

진파랑과 청공의 시선을 동시에 받은 악무루는 오히려 여유 있게 빙글거리는 미소를 보이며 머리카락을 쓸어 넘겼다. 여자라고 오해할 것 같은 그의 외모와 어울리는 자연스러운 행동이었다.

청공의 표정이 뭔가 못 볼 거라도 본 듯 꿈틀거렸고 진파랑의 눈썹도 살짝 일그러졌다.

"두 분이 이런 곳에서 싸우다니 이는 강호의 손해가 아닐 수 없소이다."

"말리는 건가?"

청공의 물음에 악무루는 고개를 끄덕였다.

"두 분의 싸움은 이런 외진 곳에서 구경꾼도 없이 하는 것은 매우 불행한 일이오. 이 악 모는 두 분의 무공을 천하인들이 보는 곳에서 했으면 좋겠다고 생각하오. 이런 우물이 아니라 천하에서 겨뤄야 하지 않겠소?"

악무루는 최대한 어여쁜 눈웃음을 흘리며 미소를 던졌다. 자신의 미소에 안 넘어올 사람은 없다는 자신감이 가득 찬 눈빛이었다.

"정 원한다면 이 악 모가 친히 큰 무대를 만들어보겠소."

"됐네, 그만하지."

청공은 짧은 숨을 내쉬며 살기를 거뒀고 진파랑 역시 고개를 끄덕였다. 악무루는 자신의 의도대로 두 사람이 그만두려 하자 기분 좋은 미소를 던졌다.

"그렇다면 잘되었구려. 자자, 이런 곳에 있지 말고 식사나 하러 갑시다. 내 산해진미를 실컷 먹을 수 있게 하겠소이다. 하하하!"

악무루가 다시 한 번 호탕하게 웃었다.

"저는 갈 길이 바빠 이만 가야겠소. 식사는 나중에 합시다."

진파랑의 대답에 악무루는 서운한 표정을 보였다.

"아쉽소이다."

악무루의 대답에 진파랑은 포권했고 곧 시선을 청공에게 던졌다.

"무당산에 오게."

"그러지."

진파랑은 짧게 대답한 뒤 악무루와 옆에 서 있던 모용도에게 인사를 한 뒤 천천히 걸음을 옮겼다. 그가 걸어가는 모습을 악무루와 모용도는 아쉬운 표정으로 한참 동안 바라보았다. 청공은 그런 둘의 옆에서 곰곰이 생각에 잠겼다.

진파랑이 저 멀리 사라지자 악무루가 입을 열었다.

"진 형의 무공은 좋았는가?"

청공은 잠시 먼 산을 바라보며 생각하는 듯했다. 그는 진파랑의 움직임과 도광이 번뜩이던 모습을 눈에 그리며 엄지를 세웠다.

"후후, 최고였네."

청공은 먼저 걸음을 내디뎠고 그가 걷자 모용도가 급히 그 뒤를 따랐다. 악무루는 그가 한 말에 잠시 놀란 듯 눈을 크게 떴다. 그가 이렇게 진파랑을 좋게 평가할 줄은 몰랐기 때문이다.

"아니, 청공 형, 자네!"

악무루가 큰 목소리로 부르자 청공은 걸음을 멈추고 고개를 돌렸다. 그러자 악무루가 우는 표정으로 달려왔다.

"너무한 거 아닌가! 남자는 나 한 명이라고 하지 않았나! 이건 배신이네! 그때의 약속은 거짓이었나?"

"윽!"

악무루의 외침에 청공은 기겁을 한 듯 급한 걸음으로 멀어졌고 모용도가 크게 웃었다.

"하하하하!"

호탕하게 웃던 모용도는 두 사람이 급하게 달려가는 모습을 바라보다 잠시 고개를 돌려 진파랑의 그림자를 쫓았다.

"진 형도 고생이군."

모용도는 고개를 저으며 신형을 돌렸다.

냇물이 졸졸졸 흐르는 냇가에 앉은 진파랑은 오른팔을 들어 소매를 뜯었다. 드러난 그의 팔뚝에는 가느다란 혈선이 보였고 그곳에서 흘러내린 핏물이 손을 적시고 있었다.

차가운 냇물에 손을 담근 그는 굳은 표정으로 청공을 떠올렸다. 그의 검은 빨랐지만 청공은 느리게 움직였다.

"부족하군."

진파랑은 스스로에게 만족스러운 결과가 나오지 못했다는 것에 진한 아쉬움을 느꼈다. 청공을 이길 수 있을 거라 생각했지만 결국 승패는 다음으로 미뤄야 했다. 그다음이 언제가 될지 모르기에 진한 아쉬움이 있었다.

냇물에 팔을 씻던 진파랑은 인기척이 느껴지자 일어나 고개를 돌렸다. 얼마 지나지 않아 나무 그림자 사이로 두 명이 모습을 보였다. 청란과 정월이었다.

"괜찮아?"

청란은 걱정스러운 표정으로 물었다.

"쓰라리군."

진파랑은 가만히 중얼거린 뒤 냇물을 건넜다. 그의 뒤로 청란과 정월이 따라붙었다.

第七章
붉은 산, 파란 벽(壁)

진가도

청란과 정월은 청공과 진파랑의 대결을 멀리서 지켜보고 있었다. 진파랑을 찾아 당가로 왔지만 그가 청공과 함께 가는 모습을 발견하고 조용히 따라붙었다.

혹여 진파랑에게 무슨 변고가 생기면 어떻게 해서라도 나서서 구해볼 생각도 가지고 있었다. 상대가 무당의 청공이었기 때문이다.

나무 그림자에 숨어 있던 그녀들은 청공과 진파랑의 싸움을 두 눈으로 지켜볼 수 있었다. 그리고 청공의 어검술과 진파랑의 도강을 보게 되자 절로 입을 벌리고 침을 흘렸다.

"씁! 괴물들."

"미친 거 아니야?"

정월이 흘러내린 침을 소매로 훔쳤고 청란은 마른침을 삼키며 중얼거렸다.

"죽기라도 하면 어쩌지?"

"어쩌긴. 시신이라도 수습해야지."

정월의 물음에 청란은 당연하다는 듯 대답했다. 하지만 마음속의 불안은 큰 듯 그녀의 눈동자는 흔들리고 있었다. 내심 진파랑의 안위를 걱정하고 있는 게 분명했다.

멀리서 보기엔 누구 하나는 죽어야만 끝날 것 같은 싸움처럼 보였다. 두 사람의 그림자가 어지럽게 겹쳐지자 두 사람의 눈동자는 빠르게 흔들리고 있었다. 두 사람의 움직임을 눈에 잡기 위해 나름대로 노력하고 있었지만 쉽지 않았다.

"아, 쓰… 눈 아파."

긴 시간 동안 안구에 내력을 집중하니 눈이 충혈되었고 눈물까지 흘러내렸다. 그때 저 멀리서 걸어오는 악무루와 모용도가 보였고 청공과 진파랑의 싸움도 멈춰 있었다.

"다행이네."

청란은 안도의 한숨을 깊게 내쉬며 중얼거렸다.

덜컹거리는 수레에는 진파랑이 누워 있었다. 마부석에는 정월이 앉아 있었고 청란은 수레의 난간에 팔을 기대어 앉아 있었다.

가벼운 내상을 입은 진파랑을 위해 청란과 정월은 마을에서 수레를 구입해 천외성으로 향했다.

　"천문성의 내부 사정을 파악하려면 시간이 더 필요해. 더욱이 지금은 강남을 뒤흔들고 있기 때문에 정보 유출에 민감한 편이고 보안 유지를 상당히 강화한 상태라 성내의 일이 외부로 유출되는 일은 거의 없다고 하네."

　"하오문에서도 파악하기 어려운 모양이군?"

　진파랑의 물음에 청란이 살짝 아미를 찌푸렸다. 하오문을 무시하는 말처럼 들렸기 때문이다.

　"파악이 안 되는 게 아니라 시일이 걸린다고 했는데."

　"그렇겠지. 나 역시 한때는 천문성의 사람이었으니까."

　진파랑은 천문성의 무사였을 때 성내의 일이나 자신이 속한 당에 대한 일을 외부에 누설한 적이 없었다. 그건 천문성의 무사로 살아가기 위해 필요한 가장 기본적인 교육의 결과였다. 또한 다른 문파들도 그러한 법규가 분명히 존재하고 있었다.

　그렇기 때문에 타 문파의 정보는 돈이 되는 일이었고 하오문은 그 일에서 많은 수익을 올리고 있었다.

　진파랑은 다시 물었다.

　"운중세가와의 싸움은 어떻게 되어가고 있나?"

　"듣기로는 무림원 전체가 움직인다는 소문이 돌고 있어."

　"흠……."

진파랑의 입에서 절로 침음이 흘러나왔다. 그는 쉽게 믿지 못하겠다는 표정으로 청란을 쳐다보았다.

"그게 사실인가?"

"소문이 그래. 정확하게 파악하려면 아까 말했듯이 시간이 필요해."

"무림원 전체가 움직였다는 것은 성내의 이 할에 해당하는 전력이 움직였다는 소리인데……."

"이 할이요? 무림원이 천문성에서 그 정도예요? 생각보다 적은 전력 같기도 하네요."

정월은 말을 하며 고개를 돌렸다. 이 할이라는 수치는 표면 적으로 볼 때 작은 규모로 보일 수 있었다. 하지만 천문성의 힘에 대해 잘 알고 있는 진파랑의 입장에선 대단한 규모였다.

진파랑은 심각하게 굳은 표정으로 말했다.

"무림원 전체가 움직였다는 것은 곧 일만 무림원 무사들이 모두 움직였다는 뜻이지. 일만 명… 무림원의 일만 명이 움직 이는데 운중세가가 얼마나 버틸 것 같나?"

"일만!"

"일만이라고요?"

청란과 정월은 동시에 깜짝 놀란 표정으로 목소리를 높였 다. 상상도 하지 못한 숫자가 진파랑의 입에서 나왔기 때문이 다. 무림에서 일만이란 숫자는 쉽게 나올 수 없는 수치였다. 거대 문파라 하더라도 일만 이상의 무사들을 보유하기란 쉽지 않았다.

"그게 이 할이라면 나머지 사만 이상의 무인들이 더 있다는 소리인데, 그 정도면 지금 이 나라를 뒤집을 수 있는 인원이에요. 무엇보다 모두 일정 이상의 무공을 수련한 정예들이라면 더더욱 엄청난 힘이죠."

한 나라까지 뒤집을 정도의 힘이라 평가하는 정월의 말이 거짓처럼 들리지는 않았다.

"천문성은 외부에 삼 할 정도의 전력만 노출시킬 뿐이야."

진파랑은 굳은 목소리로 말했고 청란이 고개를 끄덕였다.

"그 삼 할만으로도 충분할 테니까."

"하오문이라면 천문성의 전력에 대해 어느 정도는 파악하고 있을 거라 생각했는데 둘은 잘 몰랐던 모양이군?"

"몰랐어요."

"문주라면 알지도 모르지."

청란의 말에 정월은 하오문주의 얼굴을 떠올리며 그럴지도 모른다고 생각했다. 하오문주는 최측근에게도 숨기는 것이 많은 인물이었고 실제 측근들에게도 하오문의 규모에 대해 자세히 알려준 적이 없었다. 그것은 점조직의 특징이기도 했다.

문득 청란은 누워 있는 진파랑이 조금 특이하게 보였다. 달라 보인다고 해야 할까?

'알면서도 천문성과 싸우려고 하다니… 이건 무모한 싸움

이야.'

청란은 사대세가를 비롯해 강남의 모든 무림문파를 합쳐
도 오만이란 인원이 될지 의문스러웠다. 그런데 천문성은 단
일 세력으로 오만의 무인들을 가지고 있는 곳이었고 진파랑
은 그곳으로 찾아간다고 했었다. 죽으러 간다는 말이 그냥 나
온 말이 아니었다.

아무리 그의 무공이 하늘에 닿았다 하더라도 그 많은 인원
을 상대할 수는 없었다. 분명 그는 죽을 운명이었다. 그것을
알면서도 저렇게 평정심을 유지할 수 있는 것일까? 자신이라
면 불안감에 몸을 떨며 하루하루를 지옥처럼 보냈을지도 모
른다. 보통 사람이라면 견디기 어려운 일이 분명했다.

"하루라도 빨리 네 곁을 떠나는 게 사는 길이군."

청란의 말에 진파랑은 가볍게 미소를 던졌다.

"옳은 말이다."

대답하는 진파랑의 목소리는 가벼운 것 같았지만 내용은
심각한 것이었다. 진파랑은 다시 말했다.

"천문성의 힘이 대단하다 하지만 사대세가나 독선문도 만
만한 곳이 아니지. 쉽지 않을 거다."

진파랑의 말에 청란은 고개를 끄덕였고 정월은 굳은 표정
으로 고개만 끄덕였다.

"쉽지 않겠어."

마차 안에 앉아 있던 악무루의 입에서 조용히 흘러나온 말이었다. 그의 앞에는 모용도가 앉아 있었고 좌측에 청공이 있었다. 청공은 팔짱을 낀 채 조용히 눈을 감고 잠을 자는 것처럼 보였다. 그는 진파랑과의 비무를 떠올리며 초식의 변화와 대응 등에 대해 고민하고 있었다.

이는 매우 중요한 일로 바둑으로 치면 복기라고 볼 수 있었다. 진파랑과는 분명 다시 맞붙을 것이다. 그때를 대비해 그의 무공에 대해 알아야 했다. 비무 때는 비무 그 자체에 집중하기 때문에 순간적인 대응이 많을 수밖에 없었다. 그러다 보면 분명 작은 실수가 존재하게 된다. 그 실수들을 최소한으로 줄여야 했다.

하지만 이렇게 앉아서 명상이란 방법으로 진파랑의 무공을 떠올리며 그의 움직임과 초식들을 분석하다 보면 다음에는 분명 쾌승을 잡을 것이다.

"어렵군……. 우리들도 천 명 가까이 운중세가로 갈 예정이네."

"천문성의 기세가 강남을 다 덮을 듯하군그래."

모용세가까지 운중세가를 돕기 위해 움직인다는 것을 들은 악무루는 무릎을 치며 목소리를 높였다.

명상 중인 청공은 진파랑과의 대결만을 떠올리고 있었지만 귀는 열려 있었고 악무루와 모용도의 대화가 들려오는 것까지 막을 수는 없었다. 명상이 흔들리고 있었다.

"독선문과 운중세가가 손을 잡고 대응한다면 훨씬 더 수월하게 천문성과 싸울 텐데 아쉽네."

악무루의 말에 모용도가 굳은 표정을 보였다.

"독선문과 손을 잡기보다 천문성과 싸우다 죽는 것을 택할 사람들이네. 물론 나 역시 그럴 것이고."

모용도의 말에 악무루는 혀를 차며 고개를 저었다.

"정파의 자존심이 그래서 문제야."

"독선문은 사파네. 사파와 손을 잡는 일은 없어."

모용도의 말에 악무루는 아쉬운 표정을 보였다. 모용도가 표정을 바꾸며 물었다.

"그것보다 악가는 어쩔 생각인가? 나설 것인가?"

악무루는 그의 물음에 미소를 보였다.

"아직은 모르네. 우리까지 나선다면 천문성과의 싸움이 중원 전체로 퍼질 위험이 있으니 신중해야지."

"형제 같은 운중세가나 다른 세가의 사람들이 모두 죽어나가도 그런 말이 나오는지 두고 봐야겠군."

"너무 예민하게 굴지 말게나."

악무루는 마치 먼 산을 구경하는 사람처럼 말했다. 그런 그의 태도가 사실 모용도의 입장에선 달갑지 않았다. 하지만 악무루의 말도 사실이기에 이해는 하고 있었다. 악가까지 나선다면 천문성은 강북 무림까지 상대를 해야 했고 그 말은 중원 전체의 싸움이 될 수도 있다는 것이었다. 그렇게 된다면 강호는 분명 혼란해질 것이고 천외성을 비롯한 새외 문파들이 이 기회를 놓치지 않고 중원으로 뛰어들어 올 것이다.

하지만 지금은 눈앞에 있는 천문성이 문제였다.

"운가가 위험한데 불구경하듯 구경만 할 수는 없네."

모용도의 강경한 목소리였다.

"하지만 정작 모용세가에서 나서기로 결정한 것은 얼마 전이지 않나? 모용세가에서도 천문성과의 싸움에 대한 찬반으로 꽤나 많은 혼란이 있지 않았을까? 그리 생각하네만?"

악무루가 미소를 보이며 물었고 모용도는 잠시 입을 다물었다. 그의 말처럼 세가 내에서도 강경파와 일단 상황을 지켜보자는 온건파가 있었기 때문이다. 하지만 결국 사대세가는 모두 하나이자 형제라는 명분을 내세운 세가주의 결정에 따르기로 했다.

"혼사 문제 때문에 아직 나서지 않은 것뿐이네."

모용도의 말에 악무루는 구차스러운 변명이라 생각했지만 명분은 충분했다. 그리고 모용세가는 분명 나설 것이다.

악무루는 문득 입가에 미소를 그리며 청공의 어깨에 얼굴을 살며시 기대었다.

"재미있군."

"뭐가 말인가?"

모용도가 인상을 찌푸리며 물었고 청공이 어깨를 툭 쳐올렸다. 고개를 든 악무루는 다시 한 번 청공의 어깨에 얼굴을 기대며 다시 말했다.

"내 평생에 이렇게 큰 무림대전(武林大戰)이 몇 번이나 있을까? 아마도… 두 번은 없겠지?"

"무슨 말이 하고 싶은 건가?"

모용도의 물음에 악무루는 청공의 목을 양손으로 감았다. 눈을 감은 청공의 미간에 주름이 잡혔고 그의 어깨가 좌우로 툭 움직여 악무루를 떨궜다.

악무루는 여전히 미소를 보였다.

"내가 과연 이 싸움에서 얼마나 통할지 궁금해서 그러네."

"이 전쟁에 나서겠다는 건가?"

모용도의 물음에 악무루는 고개를 끄덕였다.

"천문성을 얼마나 몰아붙일 수 있을지 시험하고 싶네."

"천문성에 허수아비만 있다고 생각하나? 자네가 뛰어난 친구인 것은 사실이나 천문성에도 분명 자네만큼 명석한 사람이 있을 것이야. 쉽게 결정하지 말게."

모용도의 목소리는 높았고 악무루를 말리는 것처럼 보였다. 하지만 악무루는 이미 결정을 한 것처럼 다시 청공의 어깨에 얼굴을 기대며 붉은 입술을 움직였다.

"내 옆에는 이렇게 든든한 호위가 있지 않나? 그러니 죽을 걱정은 없네."

"욱!"

"으으윽!"

모용도와 청공의 입에서 동시에 알 수 없는 음성이 흘러나
왔다.

진파랑이 없는 유봉원은 상당히 심심한 곳이었다. 진파랑
을 제외하고도 오십여 명의 식솔이 머물고 있는 곳이었지만
늘 조용했고 사람들의 왕래는 거의 없었다.

유봉원은 족히 오백여 명의 사람들이 머물 수 있을 만큼 큰
규모였기에 사람이 적어 보일 뿐이었다.

정원을 혼자 걷고 있는 소옥은 호숫가에 세워진 정자에 몸
을 기대어 앉았다.

"하오문에서도 사람이 들어왔다고 하는데… 누굴까? 이번
에 당가로 간 두 명 중 한 명이겠지?"

소옥은 오십여 명뿐인 이곳에도 여러 사람들이 존재하는
것을 잘 알고 있었다. 특히 새롭게 들어온 무사들 중에 외부
에서 다른 목적을 가지고 들어온 사람들이 있다는 것도 알았
다. 그중에는 분명 천문성에서 고용한 살수도 있을 것이다.

또한 천문성의 무사들도 있을 게 분명했다. 그들은 자신의
신분을 숨긴 채 이곳에서 진파랑의 곁을 지키는 척하다가 결
정적일 때 한 칼을 내밀 게 분명했다. 하지만 그들이 누구인
지 파악하는 것은 어려운 일이었다.

물론 파악할 이유는 없었다. 자신 역시 자신의 할 일만 제
대로 하면 그만이기 때문이다.

"정정… 도통 알 수가 없는 여자야."

소옥은 지탁의 밑에서 일을 하다 진파랑의 시비로 들어온 정정에 대해 생각했다. 이곳에 있는 사람들 중 가장 파악하기 어려운 사람이 있다면 정정일 것이다.

그녀는 지탁의 휘하에 있었던 여자였고 지금도 지탁의 여자일지도 모른다. 천외성에서 훈련받은 여자였고 자신이 보기에도 상당한 무공을 소유한 고수로 보였다. 실제 그녀의 움직임은 거의 소리가 없었고 그녀의 눈은 어디에도 있는 것처럼 유봉원 전체를 감시하고 있었다.

'지탁의 명으로 진 원주를 감시하는 것일까? 아니면 그녀도 살수일까?'

그녀의 목적이 무엇인지 무엇을 위해 진파랑의 옆에 있는지 그 이유가 궁금했다. 겉으로는 진 원주에게 충성한다고 하나 그것은 누구나 다 하는 소리였고 그 진의는 분명 따로 있을 것 같았다.

저벅저벅!

정자에 앉아 있던 소옥의 눈에 일단의 무사들이 지나가고 있는 게 보였다. 그들은 모두 흑풍대의 대원들로 처음 보는 얼굴들도 눈에 띄었다. 그중에 한 사람과 눈이 마주치자 소옥의 표정이 살짝 굳어졌으나 곧 풀렸다.

'한 명 더 왔군.'

소옥은 자신과 함께했던 동료의 얼굴이 보이자 자신만이

남겨진 것이 아니란 것을 알았다. 그 사실 하나만으로도 마음이 안정되는 것 같았다.

자신을 제외한 백천당의 모든 당원이 철수한 것으로 알았다. 그렇기 때문에 혼자 남은 쓸쓸함이 있었다. 하지만 흑풍대의 대원으로 자신과 같은 백천당의 당원이 들어온 것을 발견하자 마음이 조금 안정되는 기분이 들었다.

"무엇을 보고 있니?"

갑작스럽게 들려온 말소리에 소옥은 놀라 고개를 돌렸다. 그곳에 정정이 서 있었다. 그녀는 언제 어떻게 소옥의 뒤에 나타났는지 모르게 가만히 서서 지나가는 흑랑대의 대원들을 쳐다봤다.

"흑랑대요."

소옥은 당연하다는 듯 대답했다. 눈앞에 걸어가는 사람들이 모두 흑랑대의 대원이었기 때문이다. 그녀의 대답에 정정은 다시 물었다.

"너무 빤히 쳐다봐서 혹시나 네가 아는 사람이라도 있는 줄 알았지."

"네? 아니에요, 그냥 처음 보는 얼굴들이 좀 보여서 살펴본 거예요."

소옥의 말에 정정은 차분한 목소리로 대답했다.

"어제 다섯 명이 새롭게 흑랑대의 대원으로 들어왔어. 처음 보는 얼굴들은 신입이지."

"아… 그랬군요."

소옥은 이제야 이해한다는 듯 대답했다. 어제 들어온 신입이라면 당연히 얼굴을 모를 수 있었다.

"흑랑대의 인원은 계속 늘어나는 모양이에요?"

"그것까지는 내가 몰라."

소옥은 정정의 대답에 대답 없이 고개만 끄덕였다. 곧 정정은 사뿐거리는 발걸음으로 천천히 앞으로 이동했다.

"흑랑대의 문제는 전적으로 원주님과 대주님의 일이니 우리가 참견할 일이 아니야. 궁금증이 생겨도 묻지 말고."

"예."

"뭐하니? 남은 청소는?"

"지금 하겠습니다!"

소옥은 정정의 말에 큰 소리로 대답 후 빠르게 진파랑의 거처로 향했다. 그 모습을 보는 정정의 입가에 미소가 걸렸다.

'이번에 들어가는 시비들은 천문성과 하오문에서 사주한 자들이니 특별히 관심을 가져 주거라.'

지탁의 목소리가 정정의 머리를 스치고 지나갔다. 그녀는 빠른 걸음으로 진파랑의 서재로 향했다. 내원으로 들어선 정정은 마당에 서서 비질하고 있는 소옥을 발견하고 서재로 향했다. 진파랑이 쓰는 서재는 넓었지만 채워져 있는 것은 거의 없었다. 책장 몇 개와 책상과 의자가 전부였다. 책상위에 놓인 문방사우(文房四友)가 황량한 서재를 다 채우고 있는 듯했다.

정정은 묵묵히 서재의 먼지를 정리하다 발소리에 잠시 손을 멈췄다.

"접니다."

말과 함께 서재로 들어온 인물은 총관을 맡고 있는 사공지였다. 그는 정정에게 볼일이 있는 얼굴로 들어왔다.

비질을 하던 소옥도 잠시 손을 멈추고 서재로 들어간 사공지를 쳐다보았다. 하지만 그녀는 관심이 없는 듯 다시 비질을 하기 시작했다. 하지만 귀는 크게 열려 있었다.

"무슨 일이세요?"

"원주님은 언제 오시는 겁니까?"

"달포는 걸린다고 했으니 곧 오시겠지요."

정정의 대답에 사공지는 고민스러운 표정을 보였다.

"무슨 문제라도 있나요?"

"다른 게 아니라 지출이 커진 만큼 수익도 올려야 할 것 같아서 그러지요."

"수익이요?"

정정의 물음에 사공지는 고개를 끄덕였다.

"아무리 재산이 많이 있다 하더라도 지출만 있으면 언젠가는 모든 재산이 동이 납니다. 그러니 당연한 일이지만 수익도 올려야 합니다. 적어도 나가는 지출만큼은 수익을 올려야지요."

"무슨 말씀인지는 잘 알아요. 그런데 수익을 올려야 할 만큼 돈이 부족한 상태인가요? 그 정도는 아닌 걸로 알고 있어서요."

"걱정할 정도는 아니지만 분명 이대로 계속 지출만 있다면 돈이 부족해질 것입니다. 수익을 올리는 방향에 대해서도 상의를 해야지요. 한 무리를 이끌 거라면 돈을 버는 일은 최우선의 과제가 아니겠습니까? 굶을 수는 없지요."

"미래를 준비하자는 거군요?"

"예."

사공지의 말은 그의 입장에선 당연히 생각해야 할 부분이었다. 정정도 그 부분은 인정하고 있기 때문에 불만은 없었다.

"원주님이 오시면 상의하기로 하지요."

"그럼 그동안 우리가 무엇을 할 것인지 준비하고 있지요."

"불법적이나 사파적인 사업은 아마 못 할 거예요."

"원주님의 성정이 정파에 기울고 있으니 당연하지요. 그럼."

"사 총관."

"예."

사공지는 밖으로 나가려다 걸음을 멈추고 신형을 돌렸다.

정정은 재빠르게 물었다.

"전에 맡긴 일은 어떻게 되었나요?"

사공지는 정정의 말에 생각난 표정으로 대답했다.

"아직 대답이 없습니다. 아무래도 원주님이 오셔야 대답이 올 것 같습니다."

"그렇군요."

"쉽게 승낙하겠습니까? 이 원주는 비무에 응할 이유가 없습니다. 그리고 응해서 패한다면 그는 잃을 게 많지만 원주님은 잃을 게 없습니다."

"목숨이 있지요."

"아… 그렇지요. 원주님이 지금 돌아가시면 안 되니… 흐음… 고민입니다. 시켜서 비무첩을 보냈지만 비무를 한다 해도 걱정이고 안 한다 해도 문제고……. 명예가 걸린 일이니 진퇴양난(進退兩難)입니다."

"비무는 하게 될 거예요. 그 결과에 따라 우리들도 각자의 길을 정해야겠지요."

"그렇군요."

사공지는 고민하는 표정으로 턱을 만지며 짧은 한숨을 내쉬었다. 아무리 고민해도 해답을 구할 수 없는 문제라 여겼기 때문이다.

"원주님이 이기셔야 저희가 다 살 테니 이기기를 바라야지요. 하나… 만약도 있으니 대비를 해야 할까요?"

"저는 대비를 안 해요."

정정의 대답에 사공지의 표정이 굳어졌다. 정정은 다시 말했다.

"이곳에서 살다 죽으나 진 원주를 따라가서 죽으나 어차피 죽는 것은 마찬가지니까요."

"하하하! 명쾌한 답입니다."

사공지는 크게 웃은 뒤 고개를 끄덕였고 곧 포권했다.

"저도 그럼 그렇게 하지요. 이만."

사공지가 포권 후 나가자 정정은 의자에 앉았다. 사공지가 말하는 수익을 올리는 사업적인 부분은 자신이 모르는 분야였다. 그렇기 때문에 이 일은 전적으로 사공지를 의지해야 했는데 과연 사공지를 믿어야 하는 것일까? 문득 그녀의 머리에 든 생각이었다.

작은 방 안에 홀로 앉아 있는 중년인은 반백의 수염을 쓰다듬으며 책상 위에 올려진 비무첩을 쳐다보고 있었다.

비무첩이 날아온 것은 벌써 오 일이 지났지만 아직까지도 마음의 결정을 내리지 못하고 있었다. 두려워서도 아니고 그렇다고 비무를 피하고자 하는 마음이 있어서도 아니었다.

걸어온 싸움을 피해본 적은 없었다. 하지만 이번 비무만큼은 피하고 싶다는 생각이 많이 들었다.

이세신은 수염을 쓰다듬으며 옆에 놓인 다 식은 차를 한 모금 마셨다.

"밖에 있느냐?"

그의 목소리에 청의 무복을 입은 중년인이 모습을 보였다.

"임홍입니다, 원주님."

이세신은 자신의 그림자와 같은 임홍이 들어오자 굳은 표정을 풀었다.

"자네의 생각은 어떤가?"

"원주님의 명성을 쌓기엔 이 정도의 먹잇감도 없다고 봅니다."

"그리 생각하나?"

이세신의 물음에 임홍은 살기까지 보이며 대답했다.

"이유는?"

이세신이 다시 붇자 임홍은 빠르게 말했다.

"본 성에서 보여준 신위가 대단한 자입니다. 그런 자를 죽인다면 당연히 원주님의 명성은 천하에 퍼질 것입니다. 또한 요즘 들어 월왕과 소소신마의 명성이 차오르고 있습니다. 그 애송이를 죽여 그들에게 경각심을 주는 것도 좋다고 봅니다."

"그를 죽여 명성도 높이고 월왕에게 신위를 보여라… 그 말이군."

"그렇습니다."

"성주는?"

"예?"

임홍은 이세신의 물음이 무슨 뜻인지 몰라 고개를 들었다. 이세신이 다시 말했다.

"성주는 이 비무에 관심이 있느냐?"

"그건… 잘 모르겠습니다."

임홍의 대답에 이세신은 살짝 눈살을 찌푸렸다.

"월왕에게는 신위를 보이라더니 성주에게 보일 건 없는 모양이군?"

임홍은 이세신의 말이 무슨 뜻인지 모르는 듯 보였다. 이세신은 답답하다는 듯 다시 말했다.

"언제부터 월왕이 나와 같은 높이에 있었나?"

"죄송합니다. 제가 실언을 했습니다. 원주님의 신위는 성주님께 보여야 합니다."

월왕의 무공이 아무리 대단하다 하더라도 이세신에 비하면 반 수 아래라는 게 일반적인 평가였다. 하지만 그건 십 년도 지난 일이었다. 지금의 월왕이 얼마나 성장했는지 그건 아무도 모르는 일이었다.

"성주가 이 비무에 관심이 있는지 궁금하군."

"예, 알아보겠습니다."

임홍은 얼른 대답 후 밖으로 나갔다. 이곳에 더 머물다간 어떤 봉변을 당할지 두려웠기 때문이다. 실제 이세신의 수하 중 그의 손에 죽은 수하들이 몇 있었기 때문이다.

다탁 앞에 앉아 있는 여원하의 앞에는 강십이 앉아 있었다. 향이 좋은 철관음을 음미하던 여원하의 붉은 입술이 움직였다.

"초조하거나 불안할지도 모르지."

　여원하의 목소리에 강십은 흥미로운 눈동자로 미소를 보였다.

"그렇게 보이십니까?"

　강십은 진파랑과 이세신의 비무를 떠올리며 물었다. 이미 천외성에는 그들이 비무할 거란 소문이 퍼져 있는 상태였다.

　여원하는 재미있다는 듯 미소를 보였다. 그녀는 이세신의 얼굴을 떠올리며 다시 말했다.

"이 원주는 사실 정상적인 몸 상태가 아니야."

"예? 그건 무슨 말씀이십니까?"

　강십의 물음에 여원하는 재미있다는 듯 입가에 미소를 띄었다.

"운 선배와 싸웠는데 무사할 것 같으냐? 운 선배의 뇌성벽력장은 한번 맞으면 내장이 산산이 부서지는 무공이지. 그 장법을 맞고 무사한 사람은 지금까지 단 한 명도 없었다. 그런데 이세신은 무사했지… 그건 그의 내공이 운 선배의 뇌성벽력장을 견딜 정도로 대단했다는 뜻이지. 하지만 무사했는데 내상이 없을까? 깊은 내상을 입었을 게야……. 지난 이십여 년 동안 그가 외출을 안 한 이유는 분명 거기에 있지."

"성주님의 뇌성벽력장은 강호일절이라 불리지요, 그분의 장법을 견식한 사람은 모두 죽었다고 들었습니다."

강십은 굳은 표정으로 말했다. 여원하가 다시 말했다.

"그래서 운 선배는 사파인도 아닌 마도인이라 불리는 것이지… 마인(魔人) 운지학."

여원하의 아미가 살짝 찌푸려지자 강십은 마시던 차가 목에 걸리는 것 같았다. 그녀의 기도가 차가웠기 때문이다.

"정과 사를 나누는 기준은 사람을 죽이느냐 살리느냐의 차이다."

"그렇지요."

강십은 여원하의 말에 재빨리 답했다. 그녀가 하늘이 노란색이라 해도 그렇다고 할 심정이었다. 그만큼 그녀의 기도는 차가웠다.

"너는 어디에 서고 싶으냐?"

여원하의 물음에 강십은 망설임 없이 대답했다.

"당연히 죽이는 쪽입니다. 저를 죽이러 오는 상대에게 아량을 베풀 필요는 없지요. 사람을 살리는 일은 제겐 사치일 뿐입니다."

강십은 자신의 실력으로는 사람을 살리는 일이 불가능하다고 생각했다. 또한 덤벼온 상대를 살려둘 필요도 없다고 여겼다. 죽이지 못하면 자신이 죽는 것이고 아량을 베풀다 그게 오히려 칼날이 되어 돌아올 수도 있었다.

"그럴 수 있지."

여원하는 강십의 대답을 예상이라도 한 듯 별 감흥 없는 표정으로 고개를 끄덕였다.

"원주님께선 어떤 길을 가십니까?"

"사람이 사는데 어떻게 한 길로만 갈 수 있느냐? 바른 길을 가다가도 옆길로 돌아갈 수밖에 없는 게 사는 것 아니냐? 내가 가는 길이 내 길이라 생각해야지."

강십은 여원하의 대답에 말없이 차를 마셨다. 그녀의 말은 자신에게 꿀이 부족한 벌에게 꽃향기를 선사하는 자극과도 같았다.

"저는 운기라도 해야 할 것 같습니다."

"좋지."

여원하의 대답에 강십은 조용히 일어나 밖으로 나갔다. 이세신에 대해 궁금한 것은 많았지만 질문을 던질 수는 없었다. 그녀가 말을 해주면 듣는 게 그가 해야 할 일이었다.

강십이 나가자 여원하는 찻잔을 내려놓으며 깊은 숨을 내쉬었다. 그녀는 진파랑과 이세신의 비무를 머릿속으로 생각했다. 하지만 아무리 그녀라 해도 승자를 예측하는 일은 쉬운 게 아니었다.

"그래도 이세신이지."

여원하는 가만히 중얼거렸다. 그녀는 천외성에서 유일하

게 진파랑의 무공과 이세신의 무공을 모두 견식한 인물이었다.

그녀는 십여 년 전, 천외성에서 처음으로 본신의 실력을 유감없이 발휘한 바 있었는데, 그것이 이세신과의 싸움이었다. 실력의 우위를 가르는 그 길에서 그녀는 목숨까지 걸어야 했다.

그날의 기억을 떠올리자 여원하는 절로 눈살을 찌푸렸다. 패하지는 않았지만 그렇다고 우위를 점한 것도 아니었다.

무엇보다 그와 겨룬 뒤 반년 가까이 내상을 치유하기 위해 은거해야 했었다. 또한 그의 독공을 몸에서 몰아내기 위해 힘겨운 싸움을 해야 했다. 운지학이 아니었다면 그의 독공을 몸에서 몰아내기는 어려웠을 것이다.

"원주님."

문밖에서 시비의 목소리가 들리자 여원하가 고개를 돌렸다.

"들어와."

그녀의 목소리가 울리자 문을 열고 이십 대 중반의 시비가 안으로 들어왔다. 그녀는 여원하에게 허리를 숙이며 말했다.

"일왕봉에서 기별이 왔는데 내일 석식을 같이하자고 합니다. 뭐라고 할까요?"

"일왕봉에서?"

일왕봉이란 말은 곧 천외성주를 뜻하는 말이었고 운지학

을 뜻했다.

"거절할 이유가 없지. 알았다고 전해라."

"예."

시비가 대답 후 밖으로 나가자 여원하는 운지학을 떠올렸다. 그가 자신을 이렇게 부르는 일은 매우 드문 일로 그는 성내의 큰 문제가 아니라면 자신을 찾을 사람이 아니었다.

"궁금하군."

여원하는 남은 차를 다 마신 뒤 자리에서 일어나 침실로 향했다. 어차피 궁금증은 내일 정오면 풀릴 것이다.

운지학과 여원하가 마주 앉아 있는 일은 보기 드문 일이었고 식당을 중심으로 백여 명의 무인들이 숨을 죽인 채 그들의 모습을 지켜보고 있었다.

식탁 위에는 다섯 개의 접시가 놓여 있었고 모두 기름에 볶은 소채들만 있을 뿐 어디에도 고기는 없었다. 무엇보다 눈에 띄는 것은 모든 접시에 담긴 죽순이었다. 죽순들은 각 접시에 다 들어가 있었고 하다못해 탕에도 들어가 있었다.

'토끼도 아니고.'

여원하가 슬쩍 눈살을 찌푸릴 때 시비들이 들어와 방문을 닫고 조용히 밖으로 나갔다. 그러자 밖에 있던 무인들도 십여 장 뒤로 물러섰다. 그들의 대화를 엿듣는 우를 범하지 않기 위해서다.

"먹지."

운지학이 젓가락을 먼저 들었고 여원하가 고개를 끄덕였다.

왼손에 밥그릇을 쥐고 젓가락을 움직여 밥을 먹던 운지학은 쌀밥을 씹으며 말했다.

"십여 년 동안 강호를 주유할 때 가장 그리웠던 것이 집에서 아내가 해주는 밥이었지."

죽순을 집던 여원하가 잠시 손을 멈췄다. 운지학은 다시 한 번 밥을 먹으며 말했다.

"이 흰 쌀밥을 그렇게도 먹고 싶었어."

운지학은 가볍게 미소를 보이며 아내를 떠올리는 것 같았다. 덩달아 앉아 있던 여원하도 어릴 때의 기억이 떠오른 듯 시선을 돌렸다. 그는 다시 말했다.

"한때는 나도 아무 걱정 없는 그저 행복한 삶을 살고 있었네."

운지학의 말에 여원하는 미소를 보이며 말했다.

"지금도 편안하게 앉아 식사를 하지요."

운지학은 그녀의 말을 부정하지 않았다.

"맞네. 이렇게 등이 따뜻하고 배가 부르니 나도 모르게 심신을 내려놓기도 하지."

"그래서 죽순만 먹나요?"

"고기는 사람을 게으르게 만드네."

운지학은 젓가락을 흔들며 답한 뒤 밥을 먹으며 다시 말했다.

"자네는 어머니의 얼굴을 기억 못 한다고 했지?"

"그래요."

여원하는 운지학의 물음에 빠르게 답한 뒤 입맛을 잃은 듯 의자에 깊숙이 등을 기대어 앉았다.

그녀는 천애고아였고 어릴 때부터 그녀의 스승에게 키워졌다. 그 이후 강호에 나와 천하를 주유하다 천외성에 자리를 잡았고 이곳에서 살게 되었다. 때문에 그녀에게는 부모라는 존재가 없어 운지학의 향수에 젖은 추억담도 마음에 와 닿지 않았다.

그녀는 다시 젓가락을 들어 밥을 먹기 시작했다.

"밥은 맛있네요."

"그런가?"

"밥만."

여원하는 죽순이라면 진저리가 나는지 밥만 먹었다. 그 모습에 운지학이 말했다.

"참, 죽순을 싫어했지? 후후후, 식사하러 왔는데 고문만 시키는군."

"일부러 그러는 거라고 생각해요."

여원하가 고개를 저으며 젓가락을 다시 내려놓았다.

"저 역시 우리 같은 인생이 이렇게 편안하게 의자에 앉아 밥을 먹는 것이 쉬운 게 아니라는 것은 알고 있어요."

운지학은 그녀의 말을 들으며 남은 밥을 모두 입안에 털어 넣었다. 그 모습에 여원하가 다시 말했다.

"그런데 왜 불렀나요? 설마 추억이나 먹자고 부른 것은 아니겠지요?"

여원하는 말을 하며 운지학의 앞에 차를 따라 주었다. 그녀가 손수 차를 따라 앞에 내려놓자 운지학은 기분 좋은 표정으로 차를 마셨다.

"진 원주와 이 원주가 싸운다고 하던데… 자네 생각은 어떤가?"

"누가 죽을지 묻는 건가요?"

"그것도 있고… 사실 본 성에서 그들 두 사람과 제대로 싸운 사람은 자네 한명뿐이지 않은가?"

여원하는 자신의 찻잔에 차를 따르며 말했다.

"진파랑을 처음 만난 게 몇 년 전이라… 그때는 그저 새끼 호랑이로 보였지요. 지금은 이제 막 어른이 된 호랑이를 보는 기분이에요."

"호랑이라… 듬직하군."

운지학은 수염을 쓰다듬으며 진파랑을 떠올렸다. 그의 투기는 상당히 강했으며 부러질 수 없는 패기도 있었다. 그건 그가 젊기 때문에 자연스럽게 가지고 있는 기운이었다.

"이세신은 노련한 늑대지요. 이제 막 어른이 된 호랑이를 어떻게 상대할지 잘 알고 있을 거예요."

"그런가?"

"네."

여원하는 고개를 끄덕였고 운지학은 고개를 저었다.

"아무리 노련한 늑대라도 호랑이를 이길 수는 없어. 근본적으로 둘은 다르거든."

운지학의 입가에 미소가 걸리자 여원하의 표정이 굳어졌다. 운지학이 진파랑의 손을 들어주었기 때문이다.

"그건 둘이 알아서 할 문제고."

"흠……."

여원하는 진파랑을 다시 한 번 생각하며 화제를 돌리려던 운지학에게 다시 말했다.

"그럴지도 모르겠네요. 제 머리는 어린 호랑이였던 진파랑만 기억하니까요. 하긴… 그 몇 년이란 공백기 동안 어떻게 변했는지 모르지요. 막 어른이 된 호랑이라도 호랑이는 호랑이… 늑대가 호랑이를 이길 수는 없지요."

진파랑과 이세신이 가지고 있는 본질적인 그릇의 차이를 말하는 두 사람이었다.

"이런, 내기를 하려 했더니."

"내기요?"

"내가 이기면 소원을 들어주는 것으로 하려 했지."

"설마 승패를 내기하자고 한 것인가요?"

"그렇네."

운지학은 웃으며 고개를 끄덕였다.

"싱겁게 그런 내기를 하다니요."

여원하가 손을 저었고 운지학이 재미있다는 얼굴로 말했다.

"뭐 어떤가? 나는 진파랑에게 걸지. 자네는 이세신에게 거는 것이 어떤가?"

"좋아요. 그런데 일단 소원이나 들어보고 내기를 할지 정하지요."

여원하가 한발 물러서서 말했다.

"그렇게 하게나. 내 소원은 이곳을 떠나고 싶다는 거네."

그의 말에 여원하는 매우 놀란 표정을 보였다. 상상도 못해본 말이 운지학의 입에서 튀어나왔기 때문이다.

"여길 떠난다니요? 그게 무슨 말인가요?"

"이십 년 동안 편안하게 생활했다면 충분하다는 소리네."

"운 선배가 본 성을 떠난다면 이곳은 와해될지도 몰라요."

천외성에서 운지학이 차지하는 비중이 얼마나 큰지 잘 아는 여원하였기에 그를 말려야 했다.

"자네가 있지 않은가?"

운지학의 말에 여원하는 눈을 크게 떴다. 하지만 곧 짧은 숨을 내쉬며 고개를 저었다.

"어이가 없어서. 기가 차서 말이 안 나오네요. 쓸데없는 소리 하지 마시고 계세요. 그냥 죽을 때까지 여기서 사세요. 그래야 해요."

여원하의 강경한 목소리에 운지학은 슬쩍 토라진 표정으로 수염을 쓰다듬었다.

"이곳에 있는 것도 이제 지겨워."

"흥!"

여원하가 자리에서 일어났다. 더 들었다가는 운지학과 싸울 것 같았고 그렇게 되면 분명 의만 상할 것이다.

"성은 자네가 맡아."

"아, 벌써 시간이 이렇게 흘렀네요. 전 이만 가볼게요. 마침 서역에서 들어온 상인들을 만나야 하거든요."

말이 끝남과 동시에 여원하가 뒤도 안 돌아보고 밖으로 나갔다. 그녀가 나가자 운지학은 짧은 한숨을 내쉬며 차를 마셨다.

"어디든 들어갈 때는 마음대로 들어가도 나갈 때는 마음대로 할 수 없다더니… 쯧!"

그는 혀를 차며 다시 한 번 깊은 숨을 내쉬었다.

第八章
예측할 수 없는 사람

진가도

"천문성의 외당만 해도 네 개의 지부와 마흔두 개의 분타로 나뉘어 있어. 각 분타는 많게는 오백에서 적게는 오십 명 정도의 인원이 있는데 평균적으로 이백 명 정도라고 치면 족히 만 명은 된다고 봐야지."

　식탁 앞에 앉아 있는 청란과 정월은 진파랑의 설명을 듣고 있었다. 진파랑은 다시 말했다.

　"삼원에는 이만여 명의 무인들이 모여 있으니 그것만 봐도 천문성의 무사는 족히 삼만은 된다고 봐야 해. 모두 총군의 휘하에 있지."

　"총군의 힘이 크군요."

"맞아."

진파랑은 정월의 말에 고개를 끄덕였다.

"그런데도 싸우려고?"

말도 안 된다는 표정으로 청란이 물었고 진파랑은 미소를 보였다. 그것은 긍정이었다.

"그런데 관에서 가만히 있는 게 이상하군요? 그 정도의 무인들이 모여 있다면 반란을 일으켜 이 나라를 뒤집을 수 있는 인원이에요. 그런데도 그들이 가만히 있는 게 이해하기 어렵군요."

일반 병사들도 아닌 다년간 무공을 수련한 무인들이 그렇게 모여 있다면 그건 분명 두려운 일이었다.

정월의 물음처럼 관이 가만히 보고만 있지는 않을 게 분명했다. 역모를 꿈꾸거나 반란을 생각한다면 나라를 뒤집을 엄청난 인원이었고 황군이라도 막기 어려운 정예 강병들이었다.

"천문성이 그 정도도 모를까? 남친왕부와는 혼인을 통해 친족 관계를 형성했고 황궁에도 문 씨는 꽤 있지… 거기다 수군을 다스리는 장군 중 한 명이 현 성주의 사촌으로 알고 있어."

진파랑은 웃으며 대답했다.

"하긴 그렇겠네요."

정월은 고개를 끄덕이다 궁금한 표정으로 입을 열었다.

"그런데 아미파의 마 소저와는 어떤 관계예요?"

정월의 급작스러운 물음에 진파랑의 안색이 변했다. 청란은 당황한 듯 저도 모르게 정월의 어깨를 잡았다.

"그런 걸 왜 물어?"

"소문이 좀 있어서 그랬지."

"시끄러."

청란은 자리에서 일어나 정월을 잡아끌었다.

"왜? 이것보다 재미있는 게 뭐가 있다고? 안 궁금해? 너도 궁금하다고 했었잖아."

정월은 억지로 끌려가듯이 밖으로 나가며 큰 목소리로 말했다. 하지만 청란은 못 들은 듯 억지로 정월과 자신의 방으로 향했다.

"풋!"

진파랑은 둘의 모습에 절로 헛웃음을 흘린 뒤 침실로 들어갔다.

진파랑이 전한 비무첩이 이세신에게 간 지 보름이 넘도록 아무런 소식이 없자 성내에는 이상한 소문이 퍼지기 시작했다. 천하의 이세신이 진파랑을 피한다는 소문부터 그가 병이 들었다는 소문도 있었다.

그가 정상이 아니기 때문에 진파랑의 비무를 꺼린다는 소문이 성내에 확산되었고 사람들에게서는 진파랑의 비무를 받지 않는 이세신이 겁쟁이라는 소리까지 흘러나오고 있었다.

천외성으로 돌아온 진파랑의 귀에 가장 먼저 들린 것은 이세신의 몸이 좋지 못하다는 소문이었다. 그가 병이 있고 그 병 때문에 거의 활동을 안 한다고 하였다. 하지만 그것은 소문일 뿐이지 믿을 수 있는 정보는 아니었다. 그를 직접 보기 전까지는 확인할 수 있는 길은 없었다.

대청에 들어선 진파랑은 상석에 앉았고 그를 기다린 정정이 옆에 다가와 그가 자리를 비운 사이에 있었던 일들에 대해 보고했다. 사공지가 들어와 금전 출납과 관련해 보고했고 장선백은 흑랑대에 대해 말했다.

간소하게 보고를 받은 진파랑은 여행의 여독을 풀기 위해 일찍 침실로 향했고 그를 따라 시비들이 움직였다.

"이세신에 대해 조사를 좀 해야 하지 않을까요?"

"무슨 말이야?"

정정의 물음에 진파랑은 의자에 앉으며 되물었다.

"성내에 돌고 있는 소문 말이에요."

이세신과 진파랑의 비무에 대한 소문을 언급하는 그녀였다. 성내의 사람들이 소곤거리는 목소리가 거슬리는 것 같았다.

"병에 걸렸다는 소문?"

"네."

"굳이 확인할 필요가 있을까? 직접 눈으로 확인하면 그만
이니 너무 신경 쓰지 말거라."

"알겠어요. 그런데 아직도 비무에 대한 답이 없는 게 이상
하긴 해요."

진파랑은 그녀의 말에 가볍게 미소만 보였다.

"어차피 소문은 소문일 뿐이야."

"그럼 편히 주무세요."

진파랑의 말에 정정은 밖으로 나갔다. 호롱불 아래 앉아 있
던 진파랑은 창밖으로 보이는 달그림자를 바라보았다. 달의
모습이 연심으로 보이는 것은 착각인 것일까? 진파랑은 지금
까지 살아온 날들을 떠올리다 문득 연심에서 멈췄다.

모든 생각이 딱 거기에서 멈춰 서 있었다.

"살아야 할 이유라도 있다면 다행이 아닐까?"

진파랑은 이미 이세신과의 비무에서 죽음을 각오하고 있
었다. 죽음까지도 생각하면서 그와의 비무를 기다린 것이다.
그런데 그런 생각들도 연심의 얼굴이 떠오르면 봄눈 녹듯 사
라지고 있었다.

밤은 깊어갔고 호롱불은 여전히 밝게 빛났으며 진파랑은
여전히 의자에 앉아 있었다.

다음 날 이세신이 보낸 사람이 진파랑에게 찾아왔고 비무
의 날짜를 알려줬다. 이세신도 진파랑이 성에 들어왔다는 소

식을 들었는지 더 이상 비무를 미루지 않았다.

"오 일 뒤 적성봉에서 진시에 뵙지요."

이세신의 가신인 임홍은 약속 시간을 알리고 조용히 사라졌다. 그가 나가자 성내에 진파랑과 이세신의 비무에 대한 이야기가 끊이지 않고 올라왔다. 화젯거리가 생겼으니 떠들기 좋아하는 사람들의 입에는 연일 진파랑과 이세신의 이름이 흘러나왔다.

진파랑은 소문을 신경 쓰지 않았다. 어차피 중요한 것은 이세신과 자신이었다. 하지만 마음 한쪽에 그가 병자일지도 모른다는 생각이 자리를 잡고 있었다.

사 일이 흘렀고 그날 밤이 되자 진파랑은 마당에 앉아 숫돌을 꺼내놓고 백옥도를 갈았다. 슥슥거리며 숫돌에 갈리는 백옥도의 소리가 정적을 깨고 있었다.

백옥도의 백색 도신을 들어보던 진파랑은 도날을 손끝으로 만져 보다 인상을 찌푸렸다. 도날이 매끄럽지 않았기 때문이다.

"확실히 대단한 놈이군."

진파랑은 청공을 떠올리며 다시 손을 움직였다. 그의 검을 상대했던 백옥도의 몸은 깨끗하지가 못했다. 그나마 진파랑과 백옥도였기에 그의 검을 잘 견딘 것이었다. 그러나 진파랑과 백옥도를 상대한 청공의 검 역시 분명 정상은 아닐 것이다.

스륵! 슥!

숫돌에 갈리는 백옥도의 도신이 맑은 소리를 만들고 있었다. 밤공기를 머금은 찬바람이 불어오고 있었다. 풀잎에 옷깃이 스치는 소리와 함께 술과 삶은 닭을 든 청란이 모습을 보였다. 그녀는 마당에 의자를 가져와 술과 닭을 올려놓았다. 그리고 품에서 삶은 계란을 세 개 꺼내놓았다.

진파랑은 슬쩍 청란을 보다 물통에 백옥도를 살짝 담근 뒤 다시 갈기 시작했다.

"적적할까 봐 술과 안주하고 나도 왔어."

"너는 왜?"

청란은 진파랑의 옆에 쭈그리고 앉았다.

"그냥, 적적할까 봐."

그녀는 술잔에 술을 따른 뒤 진파랑의 앞으로 내밀었다. 짙은 주향에 진파랑은 잠시 손을 멈추고 술잔을 받아 한 잔 마셨다. 목을 넘어가는 탁한 기운이 정신을 깨우는 것 같았다.

"죽으러 가면서도 다시 삶을 준비하는 사람 같아."

"무슨 뜻이지?"

진파랑의 물음에 청란은 다시 말했다.

"죽을지도 모르는 비무를 준비하니까. 그런데 흑랑대라는 단체도 만들고 그래서."

"만약 내가 산다면 천문성에 가야 하니까."

"그 이유라고?"

"한 명이라도 더 천문성의 무사들을 죽이고 싶어 하는 사람들이야. 그들의 뜻과 내 행동이 맞았기 때문에 함께하는 것이니 말릴 필요는 없지."

술잔을 내미는 진파랑이었다. 청란은 다시 술을 따랐다.

"한 가지 부탁이 있는데."

"뭔데?"

진파랑의 부탁이 궁금한 듯 청란이 물었다. 진파랑은 술을 다시 마신 뒤 말했다.

"닭이나 좀 발라줘."

"쳇!"

청란은 혀를 차며 일어나 닭의 뼈와 살을 바르기 시작했다. 진파랑은 살을 집어 먹으며 다시 말했다.

"오늘 밤에 한 가지 할 일이 있어."

"오늘?"

진파랑은 고개를 끄덕이며 다시 말했다.

"이세신을 좀 살펴봐 주면 좋겠어."

"이세신이 진짜 병이 들었는지 알아보라는 거라면 이미 끝냈어."

"그래?"

청란은 당연하다는 듯 고개를 끄덕였다.

"요 며칠 밤마다 살펴봤거든."

청란은 닭다리를 들어 살을 발라 먹으며 다시 말했다.

"병이 든 건지 어떤 건지 잘 모르겠어. 그런데 요 몇 년간 숙소에서 밖으로 나온 적이 없다고 해."

"그것도 이상하군."

"전에 네가 죽인 천문성의 장로는 이세신의 오랜 친구라고 들었어. 친구가 죽었는데 가만히 있을 수 있을까? 나였다면 어떻게 해서라도 널 죽였을 거야."

진파랑은 청란의 말을 들으며 고개를 끄덕였다.

"하지만 이세신은 조용했어. 아무런 움직임도 없었고 널 죽이려고 들지도 않았지."

"내일 죽이려고 하겠군."

진파랑의 말에 청란은 짧은 숨을 내쉬었다.

"그 말이 아니잖아. 왜 가만히 있었을까? 그게 중요하잖아. 소문처럼 병이 나서 움직이지 못한 게 아닐까? 그렇지 않다면 저렇게 조용히 있을 이유가 없잖아?"

진파랑은 그저 담담한 표정이었다. 그가 어떤 생각을 가지고 있는지 청란은 도저히 모르겠다는 눈빛을 던졌다. 그녀는 다시 말했다.

"며칠 동안 그의 동태를 살폈지만 아무런 소득이 없었다. 그런데 거기 무사들이 떠드는 소리를 좀 듣기는 했어."

"궁금하군."

진파랑의 시선이 느껴지자 청란은 빠르게 대답했다.

"이세신은 운지학의 뇌성벽력장에 맞아 반신불구가 되었는데 지금까지 그걸 치료하고 있었다는 대화였어."

"신빙성이 있군."

진파랑은 운지학의 뇌성벽력장에 대해 소문을 들어서 알고 있었다. 또한 운지학의 무공을 보았기 때문에 그가 얼마나 무서운 사람인지 알고 있었다.

"아직도 치료 중이라고 떠드는 소리였는데 사실 확인을 할 수가 없어 말하지 않은 거야."

청란은 사실이 아닌 말로 진파랑의 마음을 흔들 필요가 없다고 판단했기 때문에 보고하지 않았다.

"밤이 늦었다. 어서 가서 자."

진파랑의 말에 청란은 어이없다는 듯 일어나 화난 표정으로 눈을 부릅떴다.

"내일 네가 죽을지도 모르는데 잠이 올 것 같아?"

그녀의 화난 표정을 본 진파랑은 저도 모르게 미소를 입가에 걸었다.

"내 걱정을 하는 건가?"

"당연한 거 아니야? 그럼 내가 이세신을 걱정할까?"

청란은 팔짱을 낀 뒤 콧방귀를 날리며 밖으로 걸어 나갔다. 그녀가 나가자 진파랑은 고개를 저으며 다시 백옥도를 갈았다.

다음 날 아침 조식을 간단히 먹은 뒤 정정이 준비해 준 갈포를 입은 진파랑은 천천히 밖으로 나왔다. 연무장에는 흑랑대의 대원들이 서 있었고 장선백이 그 앞에서 진파랑을 기다리고 있었다.

　"함께 갈까요?"

　"아닙니다. 혼자 갔다가 혼자 오지요."

　진파랑의 대답에 장선백은 알겠다는 듯 뒤로 한발 물러섰다. 진파랑은 흑랑대의 대원들에게 인사를 한 뒤 그들의 배웅을 받으며 걷다 생각난 듯 고개를 돌렸다.

　"저녁에 모두 모여 앉아 술이나 합시다. 사 총관과 정정은 준비해 둬."

　진파랑의 말에 사공지와 정정은 애써 태연하게 웃었다.

　"물론입니다."

　"그렇게 할게요."

　둘의 대답을 끝으로 진파랑은 유봉원의 문을 넘었다.

　적성봉 초입에는 많은 사람들로 붐비고 있었다. 그들은 진파랑과 이세신의 비무를 구경하고 싶은 사람들이었다. 하지만 그곳을 오를 수 있는 사람은 단 한 사람, 진파랑뿐이었다.

　"진파랑이다."

　누군가의 목소리와 함께 마치 파도가 갈라지듯 사람들은

좌우로 물러섰다. 진파랑은 갈라선 사람들 사이로 적성봉으로 오르는 계단을 향해 걸었다.

"진 원주를 응원하오."

"잘하시오."

"살아 오시오."

여기저기서 들리는 말소리가 복잡하게 울렸고 진파랑은 묵묵히 걸음을 옮겼다. 그가 적성봉으로 가는 계단에 오르자 기다렸던 무사들이 일제히 입구를 막아섰다. 진파랑은 조용히 계단을 올라갔다.

계단은 끝없이 이어졌고 하늘로 솟은 적성봉의 봉우리가 붉게 보이기 시작했다. 그 사이로 구름과 새들이 지나가고 있었다.

한참을 걸어 올라가자 문이 하나 보였고 그 문을 넘어서자 기다렸다는 듯이 임홍이 마중 나왔다.

"기다렸소. 따라오시오."

임홍은 자신의 할 말만 하고 신형을 돌렸다. 진파랑은 말없이 그의 뒤를 따라 걸었고 또 다른 문이 나오자 임홍이 멈춰섰다.

"길을 따라 가시오."

"고맙소."

"무운을 빌겠소."

임홍의 말에 진파랑은 가벼운 미소만 보였다. 곧 안으로 들어간 진파랑은 길을 따라 천천히 걸음을 옮겼다.

좌우로 늘어선 소나무 잎 사이로 햇살이 쏟아지고 있었다. 짙은 솔향기가 맴돌았고 선선한 공기가 폐부에 가득 들어오는 것 같았다.

"좋은 곳이군."

진파랑은 소나무의 향기에 취한 듯 가만히 중얼거렸다. 운치가 있는 곳이었고 절로 심란했던 마음이 평온해지는 곳이었다.

저벅! 저벅!

흙을 밟는 발소리와 함께 길을 걷던 진파랑은 숲이 끝나고 넓은 공터가 보이자 잠시 걸음을 멈췄다. 잔디가 깔려 있는 공터의 끝의 작은 정자에는 한 사람이 앉아 있었다. 그는 짙은 홍의를 입은 중년인으로 진파랑이 그토록 만나고 싶어 했던 이세신이었다.

이세신은 진파랑의 모습을 발견하고 시선을 돌렸다. 그의 눈에 갈포를 입은 진파랑의 모습이 마치 맹수의 왕이라 불리는 호랑이로 보였다. 호랑이 한 마리가 숲에서 길을 잃고 공터로 나온 기분이랄까? 이세신의 입가에 가느다란 미소가 걸렸다.

어느새 다가온 진파랑이 정자의 밖에서 허리를 숙였다.

"진파랑이오."

"잠시 앉지."

이세신은 미소를 던졌고 진파랑은 조용히 안으로 들어와 이세신의 맞은편 빈 의자에 앉았다. 이세신은 진파랑에게 차를 따라주었다.

"나와 비무를 하려는 이유는 뭔가?"

진파랑은 목이 마른지 차를 단번에 마셨다. 빈 찻잔을 내려놓은 그의 행동에 긴장감은 찾을 수 없었다.

"싸우는 데 이유가 필요하오? 이 선배의 무공이 대단하다 하여 견식하려는 것이오."

"목숨을 걸고 말인가?"

"그렇소."

진파랑의 담담한 목소리에 이세신은 가벼운 미소를 입가에 걸었다. 그의 말이 재미있게 들렸기 때문이다.

"본 성에 고수들은 많이 있네. 월왕도 있고 운 성주도 있지. 그런데 그들을 제외하고 내게 비무첩을 던졌다는 것은 특별한 이유가 있어서겠지? 자네가 본 성에 와서 처음으로 던진 비무첩이네. 본 성에 온 목적이 나와의 비무였나?"

진파랑의 목적이 자신이란 것을 마치 알고 있는 사람처럼 말하는 그였다. 이세신의 날카로운 모습에 진파랑은 고개를 끄덕였다.

"맞소."

굳이 부정할 필요는 없다고 생각했다.

진파랑은 손을 뻗어 찻주전자를 들었다. 이세신의 눈동자가 진파랑의 움직임을 따라 이동했다. 그의 행동을 관찰하는 이유는 심리적으로 위축되었는지 확인하기 위해서였다. 하지만 진파랑은 이런 상황이 매우 익숙한 사람처럼 행동했다.

'죽음에 익숙하군.'

이세신은 머릿속에 잠시 스쳐 간 생각이었다.

진파랑이 입을 열었다.

"몸은 괜찮소?"

"성내에 퍼진 소문 때문인가?"

"물론이오."

진파랑의 대답에 이세신은 그럴 줄 알았다는 듯 고개를 끄덕였다.

"몸은 나쁘지 않지. 하지만… 아픈 것도 사실이네."

이세신의 말에 진파랑은 침음했다. 그가 거짓말을 하는 사람처럼 보이지 않았기 때문이다.

이세신은 허리띠를 풀고 옷깃을 풀더니 가슴을 보였다. 이세신의 명치에서 양 가슴 사이로 선명하게 찍힌 큰 손도장이 있었는데 붉은색을 띄고 있었다.

"운 성주의 뇌성벽력장을 맞은 흔적이네."

"흠……."

진파랑은 절로 침음을 흘렸다. 보기에도 끔찍해 보였고 저런 장법을 맞았다면 몸이 산산이 부서질 것 같은 기분이 들었다.

이세신에게 이 상처는 운지학에 대한 고통과 원한이 함께 공존하는 상처였다.

"한번 당하면 단전이 파괴되고 모든 혈관이 터져 버리는 내가중수법이지. 그런 장법을 맞았는데 온전할 것 같나? 나역시 단전이 파괴되는 고통을 겪어야 했네."

"보기에도 아플 것 같소이다."

"아프다네."

이세신은 침중한 표정으로 대답한 뒤 윗옷을 정리했다.

"무엇보다 심신이 더 아프지. 이 손자국은 내게 공포를 각인시켰네. 운지학에 대한 공포."

이세신은 창백한 혈색이었고 운지학을 진심으로 두려워하는 듯 눈동자가 흔들렸다. 그의 그런 모습에 진파랑은 자신이 만난 운지학을 떠올렸다. 자신이 바라보는 운지학과 이세신이 생각하는 운지학은 분명 다른 사람일 것이다.

"지금도 내상을 치료 중이시오?"

"그렇네. 깊은 내상은 세월이 흘러도 완치가 어렵지."

이세신은 담담한 표정으로 고개를 끄덕였다. 단전이 파괴되어 무공을 잃었지만 끊임없이 노력하여 과거의 자신을 찾아가고 있었다.

"이곳에 온 지는 몇 년이오?"

"한 이십 년 가까이 되었지."

진파랑은 아무렇지도 않은 듯 고개를 저었다.

"그냥 궁금해서 물어본 것이오."

표정과 달리 진파랑의 머릿속에 조자경의 목소리가 지나갔다.

'용천단(龍天丹)…….'

"전설적인 공청석유에 버금가는 것인데… 단 한 알을 만들기 위해 삼십 년 동안 조제를 하지. 한 알을 먹으면 일 갑자의 내력을 얻고 임독양맥이 타동되는 신묘한 단약이라네."

갑자기 그의 머리로 스친 기억의 조각이었다. 그리고 이십 년이란 시간은 이세신에게 용천단을 조제할 충분한 시간이기도 했다. 그가 뇌성벽력장에 맞았다면 독선문의 비전인 용천단을 조제해서 먹지 않았을까? 그 조제법을 알고 있다면 분명 만들어 먹었을 것이다.

'삼십 년과 이십 년… 십 년의 차이라……. 용천단의 조제법을 안다면 만들어 먹었거나 만드는 중이겠군.'

진파랑은 살짝 미간을 찌푸렸지만 곧 본래의 표정으로 돌아왔다.

"비역신보(秘易神寶)라고 아시오?"

순간적으로 이세신의 눈이 커졌고 그의 몸에서 차가운 한 기가 흘러나왔다. 아주 짧은 찰나의 순간이었지만 진파랑은 그가 놀란 것을 알 수 있었다.

이세신은 차를 따라 마신 뒤 굳은 표정으로 입을 열었다.

"자네 입에서 비역신보가 나올 줄은 꿈에도 몰랐네."

"놀라셨소?"

진파랑의 물음에 이세신은 선선히 고개를 끄덕였다.

독선문의 비전이자 독선문주만이 익힌다는 비역신보는 신공절학이 담긴 비급이었고 독인으로 가는 길을 알려주는 비급이었다. 독선문의 기보이자 강호에도 알려지지 않은 신공 비급의 이름을 진파랑이 말한 것이다.

"독선문에서 보냈군."

이세신의 입에서 독선문이 거론되었고 진파랑은 말없이 차를 마셨다. 순간 이세신의 손 그림자가 진파랑의 눈앞에 아른거렸다.

쾅!

"컥!"

가슴을 격중당한 진파랑의 신형이 정자 밖으로 튕겨져 나갔으며 바닥을 몇 번 구르다 소나무에 부딪쳤다.

"크윽!"

가슴을 부여잡은 진파랑의 입술 사이로 핏방울이 흘러내렸다. 급작스러운 기습이었다. 이세신은 마치 기다렸다는 듯 자리에서 일어나 천천히 정자 밖으로 걸어 나왔다.

예상치 못한 그의 행동에 진파랑은 속수무책으로 일격을

당했다. 방비하지 못했기 때문에 더욱 큰 고통이 전해졌다. 거기다 다른 문제까지 그의 몸에서 일어났다.

"크으윽!"

진파랑의 입술 사이로 흘러나온 핏물에서 역한 냄새가 일어나 코를 자극했다.

"독(毒)?"

진파랑이 차가운 살기를 보이며 고개를 들자 이세신은 뒷짐을 진 채 다가왔다.

"이상하군. 내가 독선문 출신이란 것을 알면서도 독에 대해 대비를 안 한 건가?"

진파랑은 힘거운 표정으로 일어서려 했지만 다리에 힘이 풀린 듯 움직이지 못했다.

"이렇게 기습을 할 줄은 몰랐소. 쿨럭! 쿨럭!"

기침과 함께 검붉은 피가 튀어나왔다. 그 모습에 이세신의 입가에 가느다란 미소가 걸렸다. 자신의 의도대로 일이 진행되었기 때문이다.

"자넨 정직한 인물이지. 나와는 다르게 말일세."

이세신은 수염을 쓰다듬으며 고개를 끄덕였다.

"자네에 대해 조사를 해보니 다들 그러더군. 자네는 정정당당히 맞서 싸우는 성격이라고 말이야. 곧은 나무는 부러지게 마련인데 아직까지 자네는 부러지지 않았다고 하더군. 운이 좋았지."

이세신은 다 잡은 물고기를 바라보듯 안타까운 눈빛을 던졌다.

"비겁해 보이나?"

진파랑은 그의 물음에 절로 미간을 찌푸렸다. 이렇게 대화를 하는 시간도 지금은 아까웠고 최대한 호흡을 가다듬고 흩어진 내력을 끌어모아야 했다.

"강한 자가 법이고 이긴 자가 강한 자네. 그게 본 성의 규칙이지. 자넨 아직 파악하지 못한 것인가? 어떻게 하더라도 이긴 자가 강한 법이라네. 그리고 그게 강호의 규칙이기도 하지."

진파랑이 이미 수없이 들어서 알고 있는 사실을 이세신이 다시 한 번 알려주었다. 그리고 그걸 몸으로 배우는 순간이었다.

"설마… 이렇게 나올 줄은 몰랐소."

"훗!"

이세신은 진파랑의 말에 코웃음을 흘리며 품속에서 비급을 하나 꺼냈다.

"비역신보네."

툭!

이세신은 진파랑의 발밑으로 비급을 던졌다. 진파랑의 시선이 비역신보로 향했고 이세신은 싸늘한 미소를 던졌다.

"조자경이 비역신보를 가져오라고 시켰나? 아니면 나를 죽이라고 했나?"

"둘 다였소."

진파랑은 순순히 대답했다. 이세신은 수염을 쓰다듬으며 고개를 끄덕이며 말했다.

"조자경의 청을 거절하지 못한 것으로 보아하니 자네는 독선문에서 치료를 받은 모양이군? 아니면 독선문에서 자네를 거뒀든가…… . 자네를 숨겨준 곳이 독선문인가?"

"그렇소."

진파랑은 대답 후 천천히 일어나 나무에 기대었다. 그의 안색은 창백했고 가만히 냅둬도 죽을 것처럼 보였다.

그런 진파랑의 모습에 이세신은 안심한 것일까? 그는 하고 싶은 말이 많은지 마지막 한 수를 뻗지는 않았다.

그는 곧 화난 표정을 보이더니 주먹을 움켜쥐며 말했다.

"운지학, 이놈… 그놈만 아니었다면 지금쯤 독선문을 강호에서 지웠을 터인데!"

이세신은 저도 모르게 목소리를 높인 뒤 다시 말했다.

"그놈! 운지학, 그의 뇌성벽력장에 맞는 바람에 지난 이십여 년간 독선문에 갈 수가 없었지. 그렇지 않았다면 조자경 그놈의 목을 예전에 꺾었을 터인데…… ."

입맛을 다시며 고개를 흔들던 이세신은 진파랑을 향해 차가운 시선을 던졌다.

"이렇게 죽게 되어서 안타깝군."

이세신의 오른손이 앞으로 뻗었다.

고개를 든 진파랑의 눈에 다가오는 푸른 손이 보였다. 손은 매우 느리게 마치 눈꽃이 천천히 바람을 타고 휘날리는 것처럼 다가오고 있었다.

푸른 손의 뒤에는 이세신이 웃고 있었다. 그는 곧 죽을 진파랑을 바라보며 행복한 눈빛을 던지고 있었다. 진파랑은 그 모습이 거슬렸다.

'왜 저렇게 웃고 있지?'

진파랑은 도를 들었다.

도를 들고 앞으로 다가오는 푸른 손을 쳐다보았다. 아니, 손이 아니라 손과 이세신의 웃는 얼굴 그 사이를 바라보았다. 그 사이에서 미세한 바람이 희미한 등불처럼 불어오고 있었다. 그 속에 길이 있는 것 같았다.

그 바람은 마치 진파랑에게 그곳으로 지나가라는 신호를 보내는 것 같았다. 그곳이 가야 할 길이라고 인도하는 길잡이처럼.

진파랑은 그 길을 향해 움직였다.

팟!

잔상과 함께 진파랑의 육체가 사라졌다.

퍽!

둔탁한 소음과 함께 허공으로 솟구치는 팔이 하나 있었다.

"크아아악!"

비명과 함께 어깨를 잡은 이세신은 비틀거리며 몸을 돌렸다. 그는 오른 어깨부터 잘려 나간 부위를 왼손으로 붙잡았지만 흘러내리는 피를 다 막지는 못하고 있었다. 아주 잠깐의 시간 동안 모든 것이 바뀌어 있었다.

"어떻게 된 일이냐? 어떻게!"

허공으로 소리치며 비틀거리던 이세신은 진파랑을 향해 한 발 한 발 힘을 주어 다가갔다. 그는 지금도 믿지 못하겠다는 불신에 찬 눈빛을 던지고 있었다.

분명 진파랑은 그 자리에 있었다. 그런데 그가 어느 순간 눈앞에서 사라진 것이다. 사라졌다고 생각될 때 팔은 이미 잘려 나가 있었다.

"이노옴!"

이세신은 분노한 얼굴로 진파랑을 향해 왼손을 들었다. 그 순간 진파랑은 신형을 돌렸다. 진파랑은 잠시 뭔가에 빠진 듯 멍한 눈빛을 던지고 있었다. 그는 자신의 도를 바라보다 시선을 들어 이세신을 쳐다보았다.

"무지풍……."

저도 모르게 중얼거렸고 이세신의 전신에서 강한 내력이 쏟아져 나왔다. 그때 그의 뒤에서 빛 무리가 날아들더니 이세신의 몸을 꿰뚫었다.

퍼퍽!

"컥!"

왼손을 들던 이세신은 눈을 부릅뜬 채 가슴과 배를 뚫고 나온 고드름을 쳐다보았다. 어이가 없다는 듯 고드름을 보던 이세신은 고개를 돌렸다. 그리고 멀지 않은 곳에 서 있는 여원하를 발견하자 전신을 떨었다.

여원하는 소나무 아래 서 있었고 그녀의 얼굴에는 가느다란 미소가 걸려 있었다.

"이 계집이… 네년이 결국 나를 능멸하는구나."

"능멸이 아니라 죽이는 거지."

휘릭!

어느새 이세신의 일 장 앞으로 다가온 그녀는 녹아내리는 고드름을 바라보며 싸늘한 눈빛을 던졌다.

"살아남은 자가 곧 진실이고 법이지."

"후후… 하하하하!"

이세신은 어이없다는 듯 호탕하게 웃으며 다시 신형을 돌렸다. 그는 진파랑을 쳐다보며 말했다.

진파랑은 굳은 표정으로 아까와 같은 바람의 흔적을 쫓고 있었다. 하지만 그 길은 어디에도 없었고 그 느낌마저 사라진 채 흩어져 버렸다.

그의 눈에 이세신의 모습이 잡혔다. 아까와 달리 그는 처참한 모습이었다. 온몸이 피로 물든 그는 진파랑을 향해 여전히 뜨거운 살기를 내뿜고 있었다.

"어차피 가야 할 지옥이라면 가야겠지…… 그래도 길동무가 있어서 아쉽지는 않군."

이세신은 자신의 독장에 중독된 진파랑 역시 곧 죽을 거라 확신하는 듯했다. 하지만 진파랑의 안색은 본래의 모습으로 돌아와 있는 상태였으며 흩어졌던 내력도 어느 정도 돌아온 상태였다.

퍽!

둔탁한 소음과 함께 이세신의 명치로 고드름 하나가 튀어나왔다. 진파랑은 튀어나온 고드름을 확인하고 이세신의 어깨 너머에 서 있는 여원하를 쳐다보았다. 그녀는 무심한 눈빛을 던지고 있었다.

"말이 많아."

털썩!

이세신의 신형이 힘없이 바닥에 쓰러지자 여원하는 소매를 털며 다가오다 비역신보의 앞에 멈춰 섰다.

슥!

그녀의 소매로 비역신보가 마치 자석에 빨려 들어가듯 들어갔다. 여원하는 책을 펼치며 슬쩍 시선을 진파랑에게 던졌다.

"운기해야 하지 않아?"

여원하의 물음에 진파랑은 대답 없이 자리에 앉아 운기조식을 시작했다. 그 모습을 보던 여원하는 진한 혈향(血香)에 아미를 찌푸리다 이세신의 시신에 손을 뻗었다.

쉬아악!

강한 한기와 함께 백색 운무가 깔리더니 이세신의 시체가 얼어붙었다. 서리가 앉은 것 같은 이세신의 시신을 확인한 여원하는 곧 정자 안으로 들어가 의자에 앉았다.

"비역신보라… 이세신이 가지고 다녔던 것이라면 귀한 것이겠지."

가만히 중얼거리며 책장을 넘긴 그녀의 눈에 가장 첫 장에 쓰인 글귀가 보였다.

─독공의 길에 들어선 자는 곧 죽을 것이고, 독인의 경지에 든다 한들 곧 죽을 것이다. 독을 아는 자는 죽을 것이요, 독을 모르는 자도 죽을 것이다. 산 자가 이 책을 본다면 곧 죽을 것이다.

─하나, 죽은 자가 이 책을 본다면 살 것이다.

"처음부터 재수 없군."

여원하는 첫 장의 글귀부터 마음에 안 드는 듯 중얼거렸다. 책장을 다시 넘기려던 그녀는 잠시 손을 멈추었다. 산 자가 이 책을 본다면 죽을 것이란 글귀가 마음에 걸렸기 때문이다. 순간 그녀의 안색이 변하더니 재빨리 책을 내려놓고 자리에 앉아 운기조식을 시작했다.

"망할 새끼."

여원하는 자신이 책장에 묻은 독을 만졌다는 것을 깨달았다. 그 독에 중독된 것을 아주 잠깐 사이에 안 것이다. 거기다 독공에 능한 이세신의 품에 있었던 것이니 당연히 책에도 독이 자연스럽게 묻어 있었다.

$$* \qquad * \qquad *$$

타탁! 화르륵!

귓가에 들리는 것은 나무가 불에 타는 소리였다. 조용히 눈을 뜬 진파랑에게 멀지 않은 곳에 타오르고 있는 나무 더미와 시체가 보였다. 그곳에서 멀지 않은 곳에 여원하가 불쏘시개 같은 나무를 들고 서 있었다.

진파랑은 한눈에 불에 타는 시신이 이세신이란 것을 알아보았다. 자리에서 일어선 진파랑의 귀로 비명이 들려왔다.

"크아악!"

"으악!"

비명과 함께 병장기 부딪치는 소리도 요란하게 들려오고 있었다.

"사령장(死靈掌)에 맞고도 어떻게 살아 있지? 보통은 온몸이 붉게 변한 뒤 칠공에서 피를 뿌리면서 죽는데 말이야."

진파랑이 일어난 것을 발견한 여원하가 물었다. 그녀는 진파랑에게 천천히 다가왔고 궁금한 눈빛으로 그의 혈색을 살피며 다시 물었다.

　"내가 그를 피하는 이유는 그의 사령장 때문이다. 절정고수라 하더라도 그의 장법에 격중당하거나 스치기만 해도 죽음을 피하지 못한다. 나 역시 사령장에 맞으면 살아남기 힘들지. 산다 해도 오랜 시간 독기를 몰아내기 위해 칩거해야 한다. 그런데 넌… 멀쩡하군."

　"그 이유를 모르겠소."

　진파랑은 자신도 분명 독에 당했다는 것을 알고 있었다. 그런데 그 독기가 운기하는 동안 어디에도 없었고 오히려 몸의 탁기가 빠져나간 기분이 들었다.

　"성주님도 과거에 사령장에 맞아 반년 가까이 내상을 치유하는 데 힘쓰셨다. 그런데 너는 아무렇지도 않다니 신기한 일이로군. 독에 내성이라도 있는 것이냐? 아니면 독인의 경지에 든 것이냐?"

　"모르는 일이오."

　진파랑은 정말 모르기 때문에 고개를 저었고 여원하는 잠시 진파랑을 노려보다 곧 고개를 돌려 불에 타고 있는 이세신의 시신을 쳐다보았다.

　"그렇다고 치지."

　"비역신보는 어디에 있소?"

"탁자 위."

여원하의 대답을 들은 진파랑은 정자 안으로 들어가 탁자 위에 있는 비역신보를 집어 들었다. 그는 아무렇지도 않게 품에 비역신보를 갈무리하고 다시 나왔다. 그 모습을 곁눈으로 지켜보던 여원하는 미묘한 표정을 보였다.

'독에도 중독이 안 되는 육체를 가졌다면 그건 독인이란 소리인데……. 설마 저 나이에 만독불침(萬毒不侵)의 몸인가?'

만독불침의 몸이란 것은 곧 금강불괴와 같다는 뜻이었고 그 경지는 화경에 도달해야 보이는 경지였다. 무인에게는 꿈과도 같은 경지의 몸을 진파랑이 가졌다고 생각되자 표정과 달리 놀라고 있었다.

그렇지 않다면 지금 저렇게 비역신보를 품에 안을 수 없었다. 만지는 순간 중독되는 독이었다. 그 독이 어떤 독인지도 모르고 당한 여원하도 심후한 내공이 아니었다면 큰 내상을 입었을 것이다.

"여 선배는 여긴 어쩐 일로 오셨소?"

진파랑의 물음에 여원하는 미소를 보였다.

"둘이 싸우면 한 명은 죽을 테고 남은 한 명은 큰 부상을 당할 테니 이보다 좋은 기회가 어디에 있을까? 네가 죽으면 이세신을 죽이면 되는 일이고 이세신이 죽으면 그 잔당들을 쓸어버리면 되니 나로서는 기쁜 일이지."

여원하는 이세신을 죽이기 위해 올라온 것을 밝혔다.

"비명 소리는 이세신의 잔당들인 모양이군."

"맞아."

진파랑이 중얼거렸고 여원하는 빙긋 웃으며 대답했다. 그녀는 기분이 좋은 표정이었고 즐거운 눈빛을 던지고 있었다.

"네가 이세신을 죽였으니 고맙다는 말을 해야겠다."

"원한이 깊었던 모양입니다?"

"은원이 깊지."

여원하는 고개를 끄덕였지만 그 은원에 대해서는 입을 열지 않았다. 굳이 말을 할 필요가 없었기 때문이다.

"이제 그만 가겠소."

"잠깐."

신형을 돌리려던 진파랑을 여원하가 붙잡았다. 그녀의 목소리에 진파랑은 무슨 일이냐는 눈빛을 던졌다.

여원하는 궁금한 표정으로 물었다.

"이세신의 팔이 잘릴 때 네 모습은 마치 이 공간에서 사라진 것처럼 보였었다. 내 눈에도 네 모습은 없었어."

여원하는 처음부터 지켜보고 있었다는 듯 말했다. 실제 그녀는 그들의 모습을 멀리서 지켜보고 있었다.

진파랑의 표정이 굳어졌고 여원하가 다시 말했다.

"무슨 도법이냐?"

"천풍도법이오."

"처음 듣는데… 초식은?"

"무지풍."

진파랑의 짧은 대답에 여원하는 잠시 생각하는 듯 먼 산을 쳐다보았다.

"무지풍이라……."

"얼떨결에 펼친 것이기 때문에 다시 보일 수는 없소."

진파랑의 목소리를 들은 여원하는 고개를 끄덕였다.

"다행이군."

그녀는 자신이 만약 이세신을 대신해 그 자리에 서 있었다 해도 분명 팔이 잘렸을 거라 생각했다. 그의 한 수는 그만큼 강렬했고 신조차도 베어버릴 기세를 가지고 있었다.

운지학이라 하더라도 막기 어려운 초식이 분명했다. 아니, 천하에 그 초식을 받아낼 사람은 어디에도 없어 보였다. 그만큼 강한 초식이었다.

여원하는 그 초식과 자신의 무공이 겨루는 모습을 상상하고 있었다. 하지만 아무리 강한 초식을 구사한다 하더라도 진파랑의 무지풍은 그 사이를 뚫고 들어와 자신의 목을 벨 것이다.

등골이 서늘해지는 느낌이 전신을 스쳤다.

"네가 만약 그 초식을 자유롭게 구사할 수 있다면… 넌 분명 천하제일이 될 것이다."

그녀의 낮은 목소리가 진파랑의 심장으로 파고들어 왔다.

*　　　　*　　　　*

강서성 서남부에 자리한 여강현의 외곽에 상당한 규모로 자리를 잡은 운중세가의 분타가 있었다.

강서제일 운중세가의 칠분타였다. 현재의 분타주는 운강이었고 그는 대청의 상석에 앉아 있었다. 그의 앞에는 삼십여 명의 수하들이 늘어서 있었으며 모두 굳은 표정으로 운강을 쳐다보고 있었다.

그들은 며칠 씻지도 못한 듯 남루한 행색이었지만 눈빛만큼은 맹렬히 반짝이고 있었다. 의자에 앉아 있는 운강 역시 피에 얼룩진 옷을 갈아입지 않은 모습이었고 반쯤 풀어헤친 머리카락 사이로 날카로운 눈빛이 흘러나오고 있었다.

후다닥거리는 급한 발소리와 함께 세 명의 무사가 급히 들어와 부복했다.

"타주님, 이미 신주, 덕흥, 광풍, 연산, 무원 등 일곱 개 분타가 모두 전멸했다고 합니다."

"이런!"

"젠장할!"

수하의 보고에 여기저기서 울분에 찬 목소리들이 흘러나

왔다. 운강은 어금니를 살짝 깨물었다. 이미 천문성의 무사들이 남창으로 향하고 있다는 소리와 다를 바 없는 보고였기 때문이다.

"무주는?"

"모르겠습니다. 현재 살아남은 사람들은 모두 남창으로 후퇴했다고 합니다."

수하의 보고에 운강의 바로 앞에 서 있던 이칠석이 인상을 굳히며 말했다.

"타주님, 우리도 빠져야 하는 것 아닙니까?"

그는 입술에 살짝 검상이 있어 날카로운 인상을 보이는 청년이었다.

"여길 버리면 뒤가 없어."

운강의 굳은 목소리에 모두의 표정이 무겁게 가라앉았다. 그의 말처럼 이곳 여강을 버리면 바로 남창의 운중세가가 나온다. 그곳으로 가는 가장 빠른 길목이었다.

"무이산을 넘은 천문성의 잡놈들은 모두 이곳으로 몰려올 것이다."

"지나갈 수도 있네."

이번에는 운강의 좌측에 서 있는 사십 대 중년인이 말했다. 그는 짧은 수염에 머리를 뒤로 넘긴 인물로 학식이 높아 보이는 문사 같은 느낌이 강했다.

"자 선배, 무슨 뜻이오?"

이곳에서 운강이 유일하게 선배라 부르며 존칭하는 인물로 이름은 자공이었다.

"현재 이곳에 있는 자들은 모두 천문성의 무공에 대해 잘 아는 자들이네. 지난 이 년간 천문성과 끝없이 싸웠던 자들이고 모두 살아남은 정예라 할 수 있지. 거기다 지금도 천문성의 예봉을 꺾지 않았나?"

자공의 말에 운강은 대답 없이 고개만 끄덕였다. 자공은 다시 말했다.

"천문성의 입장에서 생각해 보세. 운중세가에서 가장 피하고 싶은 사람이 있다면 나는 자네를 꼽을 것이네."

"그건 말이 안 되오, 본가에 절정고수들이 많이 있소이다."

"그건 운가에서만 해당하는 말이고 외부에서 볼 때 운가에서 가장 피하고 싶은 사람은 자네지."

"과찬이오."

운강은 손을 저었다. 하지만 자공은 고개를 저으며 다시 말했다.

"운가에서만 자네를 과소평가하네."

"맞는 말씀이오."

"그렇습니다."

여기저기서 자공의 말에 힘을 얻고 입을 여는 무사들이 있었다. 운강은 굳은 표정으로 그들을 둘러보았고 이칠석에게 시선을 던졌다. 그가 가장 먼저 말한 인물이기 때문이다. 자공이 다시 말했다.

"나라면 무주와 상요를 지나 이곳으로 오지 않고 곧장 남창으로 갈 것이네. 물론 우리의 발목을 잡기 위해 일부의 잡놈들을 동원하겠지."

"그럴 가능성은 적소이다."

운강의 대답에 자공은 손을 저었다.

"자네 생각처럼 가능성이 적을지도 모르지. 하나 혹시 모르니 우리도 남창으로 빠지는 게 어떻겠나?"

"흠⋯⋯."

"날카로운 창은 피해야 하는 법이네. 이건 우리에게 해당하는 말이기도 하지만 천문성에도 해당되는 말이지. 그들의 입장에서 볼 때 이곳은 날카로운 창이네."

자공의 말에 운강은 미간을 찌푸렸다. 그때 발소리와 함께 다급하게 한 명의 무사가 들어왔다.

"적입니다!"

"뭐?"

운강의 눈에 살기에 보이자 무사는 빠르게 다시 말했다.

"천문성의 무사 이천 정도가 대등산을 넘어 이곳으로 향하고 있다고 합니다."

"역시⋯ 우리의 발목을 잡으려는 건가?"

자공의 말에 운강은 굳은 표정을 보였다.

"우리의 발목을 잡으려고 이천이나 되는 무사들을 동원하겠습니까? 이는 사생결단(死生決斷)입니다."

"그렇게 봐야지."

자공은 걱정스러운 듯 고개를 끄덕이다 다시 말했다.

"남궁세가는 어찌 되었나?"

"장강을 넘고 있는 중이라 하니 보름 안에는 만날 듯합니다."

"늦어, 너무 늦어."

자공이 씁쓸한 표정으로 중얼거렸고 운강 역시 아쉬운 눈빛을 던졌다. 남궁세가의 무사들이 도착할 시간이면 이미 운중세가와 천문성은 혈투를 벌이는 중일 것이다. 싸움이 거의 끝날 때쯤에 도착할 것 같다는 생각에 진한 아쉬움이 남았다.

하루에 수백 명씩 죽어가고 있는 이 시점에서 남궁세가가 하루를 빨리 움직였다면 수백 명이 살았을 것이다.

"준비해라."

"예!"

"준비를 서둘러라!"

대답과 이칠석의 외침이 크게 울렸고 대청에 모인 수많은 무사들이 순식간에 자신의 위치로 사라졌다.

"천문성… 씹어 먹을 새끼들."

운강은 검을 움켜 쥔 채 밖으로 걸어 나갔고 그의 옆에는 자공이 따랐다.

　넓은 평원을 가득 메우고 있는 수백 개의 막사가 있었다. 그 중앙에 가장 크고 거대한 막사가 있었고 그 안에는 십여 명의 무인이 모여 앉아 있었다.
　가장 상석에 앉아 있는 인물은 천문성의 총군인 문대영이었다.
　"지금까지 본 성의 식구들을 가장 많이 죽인 놈이 누구인가?"
　"운강이지요."
　"운강입니다."
　"족히 오백은 될 겁니다."
　문대영의 물음에 모여 앉은 수하들은 입을 모아 운강의 이름을 불렀다. 문대영은 가볍게 미소를 보였고 우측에 앉은 손원이 입을 열었다.
　"운강은 본 성의 무공을 매우 잘 아는 인물입니다. 또한 실전으로 다져진 그의 검공은 절정을 달립니다."
　"괜히 강철혈객(鋼鐵血客)이라 불리겠나?"
　문대영은 차를 마시며 고개를 다시 끄덕였다.
　"그래 봤자 본 성의 일류 정도만 상대했던 놈입니다. 그리 조심할 필요는 없다고 봅니다."
　중간에 앉은 중년인이 입을 열었고 그를 보던 문대영의 눈빛이 차갑게 변했다.

"그래서 자네가 가볼 텐가? 그놈의 목을 베어 올 자신이 있나?"

문대영의 물음에 입을 열었던 그는 침묵했다. 실제 말은 그렇게 했지만 운강의 손에 죽은 절정고수도 몇 명 있었고 그자들은 자신과 비교할 때 절대 뒤떨어지는 자들이 아니었다.

"여강의 일은 일지부장에게 맡기자고. 어차피 운가에서 가장 피해야 할 놈은 그놈이니까 말이야. 그놈의 무공이 무서워서 피하는 게 아니라 그놈과 함께 있는 삼백의 정예를 피하자는 거네. 쓸데없이 본 성의 식구들을 죽게 해서야 되겠나?"

"예."

문대영의 말에 모두들 한목소리로 대답했다. 문대영은 다시 말했다.

"신 각주는?"

"남창으로 향하는 중입니다. 약속된 상주에서 기다리겠다고 합니다."

손원의 대답에 문대영은 탁자 위의 지도를 바라보며 말했다.

"운중세가는 어떻게 되었지?"

"현재 운가와 함께하는 이십여 개의 중소 문파들까지 모두 모였다고 합니다. 그들과 운가의 무사들까지 합치면 족히 삼천은 넘지 않을까 합니다."

"근 십 년 내에 가장 큰 전투가 되겠군."

문대영은 즐거운 표정으로 중얼거렸다. 몸이 근질거리는 듯 어깨를 몇 번 움직이던 그는 다시 말했다.

"주영이는 어떻게 되었나?"

문주영에 대해 묻는 그의 물음에 손원은 빠르게 대답했다.

"광동에 들어갔다고 합니다."

"너무 나서지 말고 적당히 하라고 일러, 운가를 정리하면 곧장 독선문으로 향할 테니까."

"그렇게 일렀습니다."

문대영의 말에 손원은 미소를 보였다. 문대영은 그런 손원이 싫지 않은 듯 보였다. 문대영은 다시 물었다.

"남궁세가는?"

"이제 장강을 넘는다고 하니 운중세가가 불타고 있을 때쯤 도착하지 않을까 합니다."

"그 시기에 맞춰서 협상안을 제시하자고. 어차피 그들도 그걸 원할 테니. 신 각주가 잘 준비하고 있겠지?"

"물론입니다."

손원은 짧게 대답했다.

"은성세가와 모용세가는 어찌하고 있나?"

"은성세가도 천오백 정도 보냈고 모용세가 역시 천 명의 무사들을 보냈습니다."

"그 외에는?"

"아직 저희가 신경을 써야 할 움직임은 없습니다."

손원의 대답에 문대영은 강북 무림을 떠올렸다. 그들이 이 시기에 내려온다면 골치가 아프기 때문이다. 물론 운중세가를 치기 위해 미리 손을 써놓았기 때문에 큰 문제는 없을 것이다.

"운중세가에서 조심해야 할 사람은?"

"세가주를 비롯한 장로 다섯 명이 전부입니다. 그 외에는 크게 신경 쓰실 필요가 없을 듯합니다."

손원의 대답에 문대영은 만족한 표정을 보였다.

"우리가 상대하는 것은 운중세가이나 실제 우린 사대세가맹을 상대하는 것이네. 그러니 모두 사대세가맹을 상대한다고 생각하고 끝까지 싸워야 하네."

"예!"

"물론입니다."

큰 목소리가 터져 나왔다. 문대영은 좌중을 둘러보며 다시 말했다.

"운중세가를 정리하면 우린 강서성을 차지하게 될 것이야. 그리고 광동을 장악하면 강남일통이지."

문대영의 입가에 미소가 걸렸다.

"모두 나와 함께해 줄 거라 믿네."

"복명!"

모두 자리에서 일어나 부복했다.

*　　*　　*

이른 아침부터 대청에 수십 명이 모여 있었다. 모두 유봉원의 식솔들이었고 단 한 사람도 빠짐없이 모두 나와 있었다. 가장 뒤에는 일꾼들까지 모여 있었는데 그들은 오늘이 마지막이란 생각에 아쉬운 표정을 보이고 있었다.

저벅! 저벅!

발소리와 함께 갈포를 입은 진파랑이 들어와 의자에 앉았다. 깊은 침묵이 이어졌고 모두의 눈은 진파랑의 입으로 향했다.

"모두 예상은 했겠지만 오늘 이곳을 떠날 것이오."

그의 한마디에 모두의 표정이 굳어졌다.

"장 선배는 흑랑대를 이끌고 운가로 가시기 바랍니다."

"운중세가를 말하는 것입니까?"

"그렇습니다."

"함께 가는 것이 아니오?"

장선백이 묻자 진파랑은 담담한 표정으로 대답했다.

"저는 잠깐 들를 곳이 있으니 그곳에 먼저 가서 기다리시면 됩니다. 운가에 가서서 제가 보냈다고 하면 알아서 쉴 곳을 마련해 줄 겁니다."

"알겠소이다."

"저는 어디로 갑니까?"

사공지가 묻자 진파랑은 미소를 던졌다.

"자네도 흑랑대와 함께 가게나."

"예이."

진파랑의 말에 사공지는 힘없이 대답했다. 실제 그는 진파랑과 함께 움직이고 싶었기 때문이다.

"그 외에 나머지 분들은 각자 갈 길을 가면 되오."

진파랑의 말에 시비들과 일꾼들은 아쉬운 표정을 보였다. 하지만 떠나겠다는 사람을 말릴 수는 없었다. 그들은 모두 당분간 지탁의 밑에서 일을 할 것이다.

"운가에서 봅시다."

진파랑은 미소를 남기고 자리에서 일어나 밖으로 나갔다.

연무장에는 커다란 마차가 한 대 있었고 그 앞에는 낯이 익은 청년 한 명이 서 있었다. 진파랑은 그를 보자 잠시 걸음을 멈췄다.

"오랜만이야."

영기위가 손을 들어 흔들었다.

"왜 왔지?"

"네가 떠난다고 해서 왔지. 마침 나도 여길 떠나고 싶었거든."

영기위가 마차에 등을 기대며 말하자 진파랑은 그를 무시하고 마차의 문을 열었다. 그러자 영기위가 다급하게 말했다.

"나 같은 호위가 있으면 뒤가 든든하지 않겠나? 내 비록 몸값은 비싸지만 선심 쓸 테니 같이 가자고."

"마월설이 허락했나?"

"모르지."

영기위의 대답에 진파랑은 고개를 저으며 마차에 올랐다. 그 모습에 영기위가 따라 타려고 움직였다. 하지만 어느새 정정이 그의 앞을 막았다. 그녀는 영기위를 슬쩍 쳐다보더니 마차에 올랐고 청란이 뒤를 따라 오르다 영기위를 향해 혀를 내밀었다.

"풋!"

"어이! 이봐! 나도 좀 같이 가자고!"

영기위의 외침에 마차 안에서 진파랑의 목소리가 흘러나왔다.

"빨리 타."

"아싸!"

영기위는 소리치며 마차 안으로 들어가려다 잠시 주춤거렸다. 자신을 노려보는 세 쌍의 눈이 있었기 때문이다.

"어……."

소옥과 정정, 청란의 따가운 시선이 영기위를 잡아먹을 듯 노려보고 있었다.

"실… 실례하오, 낭자들."

그는 애써 침착하게 진파랑의 옆에 앉았다. 그가 들어와 앉게 되자 세 명의 여자는 맞은편에 엉덩이를 붙이고 앉아야 했다. 그 불편함이 원한으로 변해 영기위의 어깨를 눌렀다.

"출발할게요."

마부석에 앉은 정월의 목소리가 들리자 마차는 조금씩 흔들리기 시작했다.

'고행길이 될 것 같군.'

영기위는 여전히 자신을 쏘아보는 세 쌍을 눈을 피해 눈을 감았다.

『진가도』 2부 3권에 계속…

만상조 新무협 판타지 소설

FANTASTIC ORIENTAL HEROES

광풍
제월

천하제일이란 이름은 불변(不變)하지 않는다!

『광풍제월』

시천마(始天魔) 혁무원(赫撫源)에 의한 천마일통(天魔一統)!
그의 무시무시한 무공 앞에 구대문파는 멸문했고,
무림은 일통되었다.

"그는 너무나도 강했지.
그래서 우리는 패배했고, 이곳에 갇혔다."

천하제일이란 그림자에 가려져 있던 수많은 이인자들.

"만약……."
"이인자들의 무공을 한데로 모은다면 어떨까?"
"시천마, 그놈을 엿 먹일 수도 있을 거야."

이들의 뜻을 이어받은 소년, 소하.
그의 무림 진출기가 시작된다.

Book Publishing CHUNGEORAM

유행이 아닌 자유추구 -
WWW.chungeoram.com